KB098614

웃음이 예쁘고
마음이 근사한
사람

웃음이 예쁘고 마음이 곤사한 사람

안대근

차례

누군가를 혼자 오래 좋아해본 사람

최선을 다해 이별하는 사람

누구보다 열심히 기억하는 사람

누군가를 혼자
오래 좋아해본
사람

우리 사이의 모든 마음은 아마 짝사랑이 아닐까

사랑을 받고 싶다고 했어.

그랬더니 나보고,

먼저 사랑을 주라고 해.

하지만 너도 알고 있지.

준 만큼 받으려 하는 마음은 사랑이 아니잖아.

나는 사랑을 해.

그리고 받을 마음이 없어.

뒤처리에 열중하는 사람

면접을 봤다. 스스로 만족할 수 있는 면접을 보는 사람이 세상에 얼마나 있겠냐만은, 정말 말도 안 되게 못 봤다는 느낌이 드는 날은 분명히 있다. 불안한 마음에 이곳저곳 전화를 걸어 괜찮다는 말을 듣는데도, 내 마음은 괜찮지 않은 것이다. 아니, 나 정말로 못 봤다니까?

면접은 늘 현실이었다. 순간이었고 생방송이었다. 간이 콩알만해서인지 나는 면접에 참 약했다. 떠오르는 대로 일단 대답하고 나서, 마무리를 짓지 못한 적도 많았다. 나는 이런 사람이 아닌데, 이렇게 말하고 나면 나라는 사람을 하나도 보여주지 못하고 끝나버리는 건데, 하고 안타까워하는 일도 부지기수. 그러다보면 삐딱한 마음도 생긴다. 고작 한 시간 동안 얘기한다고 나에 대해 뭘 알 수 있겠어.

유난히 생방송에 약한 사람들이 있다. 그래서 늘 뒤처리에 열중한다. 미처 다하지 못한 말을 느지막이 하고, 일단 저질러놓고 난 후의 일들을 수습하기 바쁜 사람들. 말과 행동이 내 마음대로 되지 않을 때, 잘하고 싶은 마음이 가득한데 그게 정말 마음만일 때. '순발력'이라든지 '융통성'과 같은 단어는 나와 어울리지 않는다고 생각할 때. 멀리멀리 도망갈 때. 남들도 인정할 때. 그래서 속상할 때.

우리는 뒤처리에 열중하는 사람이 된다. 이미 끝난 일, 더이상 소용없는 일. 어쩌면 되돌릴 수 없는 일에 얽매이고 떨쳐내지 못하는 것은 용기가 적은 사람, 자꾸 뒤로 숨는 사람이 되어가는 일이겠지만. 사실 조금의 변명을 하자면, 나는 더 나은 사람이 되고 싶으니까. 아직 보여주지 못한 모습들. 내 머릿속에 머물고 있는 그 모습들까지가 나라고 생각하기 때문이겠지. 그리고 그런 사람이 되어가고 싶으니까.

내가 열중하고 있는 뒤처리까지 모두 다 내 삶이다. 그럴듯하게 나를 설명하는 한 시간을 넘어 하루가, 일 년이, 이 순간순간이 모두가 '나'라고, '나'란 사람이라고. 잘하고 싶은 사람이라고.

캔참치 순정

내가 제일 좋아하는 반찬은 캔참치. 치아 교정을 시작한 이후로 조금 줄이긴 했지만 나는 여전히 캔참치가 좋다.

우리 엄마는 늘 갓 잡은 생선만이 싱싱한 줄 알았다. 엄마와 떨어져 살기 시작하면서 엄마가 차려준 밥상에 대한 기억이 많이 흐릿해졌지만, 드문드문 떠오르는 어린 시절의 풍경들이 몇몇 있다.

한 달에 한 번 정도 식탁에 고등어가 오르는 날이 있었다. 노릇노릇 맛깔나게 구워진 고등어의 살점을 발라 내 숟가락에 올려주고 나면, 엄마의 얼굴은 고등어 껍질보다 더 푸른빛으로 당당해지고는 했다.

일찍 돌아가신 아빠를 대신해, 우리 식구가 먹고살 돈을 벌어야 했던 엄마는 식당으로 공장으로 이곳저곳 옮겨 다녔다. 성격이 불같아서 직원들과 싸우기도 많이 싸웠다. 아마 마음에 화가 많았을 것이다. 지금의 내 나이와 비슷했을 당시의 엄마는 마음의 화로 그 많던 짐들을 태워버리고 싶었던 건 아니었을까 생각이 든다.

우리 집 냉장고에는 늘 캔참치가 가득했다. 가끔 식탁에 오르는 고등어는 운이 없는 고등어였다. 엄마가 고등어를 굽는 날이 얼마나 오랜만에 찾아오는지 고등어는 헤아릴 수 없을 것이다. 매일 싱싱한 일들이 터지고 또 터지는 엄마의 하루도 고등어는 헤아릴 수 없을 것이다. 매번 캔참치로 냉장고를 채우던 엄마의 부끄러움도 고등어는 알 수 없을 것이다. 평생.

아무튼 어른이 되어서도 나는 캔참치를 가장 좋아한다. 먹고 나서 양치를 할 때가 문제인데, 이 사이에 낀 참치에 치약이 묻으면 비린 맛이 난다.

역겹다고 생각한 것이 아니라 바다 같다고 생각했다. 그래서 치약을 소금맛 치약으로 바꿨다. 참치에게 바다를 선물하고 싶었다. 참치의 꼬리에 탱글탱글한 바다 물결이 일어날 때마다, 내 입에서 뽀그르르 하고 소금 거품이 일어날 때마다, 나는 어떤 날의 식탁을 추억할 것이다.

기억이란 엄마의 생각보다 오래간다는 것을 말해주고 싶다. 갓 잡은 생선만이 싱싱한 것은 아니라는 말을 꼭 엄마에게 전해주고 싶다.

그런 어른의 시절

어른이 되면 마음먹은 대로 다 할 수 있다는 생각이 어린 시절을 견디게 했다. 그런데 나는 여전히 두려운 것이 많다. 낮잠으로 반나절을 보내고 일어나면 막막하고, 할 일을 다 끝내지 못한 채 아침을 맞아 무섭고, 혼자 식당에서 밥을 먹다가 적당히 아는 사람을 만나면 숨고 싶다. 미용실에서 원하는 스타일을 말하는 것도, 머리를 자르고 나서 거울에 비친 내 모습이 마음에 들지 않는다고 말하는 것도.

내가 누군가의 '행동'이 싫다고 말하면 그가 나 '자체'를 싫어할까봐 그것이 두렵고, 외로움이 마음을 갉아먹는 걸 지켜보면서 그렇게 참는 것만이 어른스러운 척하는 일이라고 위안하는 일이 무력하다. 마음을 먹으면 많은 일들을 할 수 있다는 것을 알았지만, 마음을 먹어도 할 수 없는 일이 여전히 존재했다.

좋아하는 만큼, 아쉬운만큼,
서로를 생각하는 만큼,
그리워하는 만큼,
입을 크게 벌려 소리쳤어야지.
지금 이 마음이 가짜가 아니라고
그렇게 티를 냈어야지.

수직선

사랑이라는 마음은 수직선이 아니야.

좋아하는 마음이 어떻게 직선 위의 점일 수가 있어.

끝내고, 새로 시작하고,

이 점 뒤로는 기억이고, 앞으로는 당신이고.

어디로 벗어나도 너라는 점이 찍혀 있다.

확실한 대답을 듣는 일이 중요했다

음식점에서 "저, 왜 저쪽 테이블만 서비스 주는 거예요?" 라고 묻거나 모르는 버스에 타서 "아저씨, 어디어디 가요?" 라고 물을 때. 이렇게 자신 없는 것을 물을 때면 나는 상대방의 대답을 제대로 알아듣지 못했으면서도 고개를 끄덕끄덕하며 서둘러 등을 돌린다. 부끄러운 마음이 더 큰 것이다.

그러지 말걸. 순간을 피하기 위해 끄덕였던 고개는 결국 스스로에게 짐이 되어 돌아온다. 자존심과 부끄러움보다 훨씬 더 중요한 건 확실한 대답을 듣는 거였어. 삶의 많은 일들도. 우리가 겪는 헤어짐의 순간들도 모두 다.

가로 50cm
세로 50cm

오늘은 비가 왔다. 원래 비를 좋아하니까 이 정도 추적거림은 맞아도 될 거라 생각하고 집으로 걸어오는 길이었다. 그 가벼운 빗방울들이 하나하나 몸에 붙어서 나를 아주 낮은 곳으로 끌어내리는 것만 같았다. 어제는 친한 친구를 만나서 요즘 들어 가장 많이 웃었는데. 웃느라 숨도 못 쉴 지경이었는데.

고민이 깊어져서 답답이가 되면 해결법은 가로 50cm 세로 50cm의 사각형뿐이다. 내 방에 있는 책장. 나무로 된 책장 한구석에는 내가 좋아하는 책들이 차곡차곡 쌓여 있다. 그것들이 쌓인 나의 사각형. 열다섯 칸의 사각형 중에서 가장 좋아하는 사각형을 뚫어져라 쳐다보면 답답이가 어느새 사라지고 없다. 내가 가장 좋아하는 것으로만 채워 넣은 사각형을 보며, 이것들을 읽으면서 느꼈던 마음을 되감아본다. 그러면 정말 꿈같이 행복해지는 것이다.

나에게 기억은 강하면서도 한편으로는 굉장히 약해서, 순간의 감격들이 금세 날아가버리지 않게 잘 붙잡아두는 일이 필요하다. 가로 50cm 세로 50cm의 사각형 안에 들어 있는 것은 가장 좋아하는 책들이지만, 내가 그 안에 넣는 것은 소중한 것을 발견했을 때의 행복과 그걸 지키고 싶은 마음이겠지.

언제나 책을 읽는 마음으로 살아가고 싶다. 요즘이면. 오늘 같은 저녁이면. 자꾸 슬퍼지면. 가끔 행복한 것 같으면.

그 기분 알 것 같아

나 깜깜한 복도를 걷고 있을 때
"그 기분 알 것 같아"라고 조심히 말해준
네가 너무 고마웠어.
모두 다 이해한다고도
그냥 다 잘될 거라고도 말하지 않아서 고마워.
그저 막막한 내 마음을
'알 것 같아'라고 말해줘서 고마워.

단골 가게

어른이 되면

단골 가게 몇 개쯤은 가지고 있을 줄 알았어.

그런데 그렇지 않더라.

그 대신,

마음속에 가게 하나가

문을 연다.

네가 주인이다.

나 그곳에 오래 살지도 않았는데

단골이 된다.

너와 시간을 사러 자꾸 들른다.

나도 알고 있다. 사람들이 말해주는 것처럼
내 잘못이 아니라는 것. 힘든 하루를
굽어보면, 어떤 건 타이밍, 어떤 건 우연
그리고 또 어떤 건 악의없는 누군가의
무심한 행동들이 겹쳐온 것뿐이라고,

아는데, 다 아는데
그래도 탓할 대상이 필요하니까.
그걸 찾지 못해서 그저 내 안으로
화살을 겨눌수 밖에 없는 거라고.

무선의 세계

이사를 하면
당신이 하기 싫어하는 일들을 내가 한다.

책장에 책을 꽂는 건
당신이 좋아하는 일.
책머리의 먼지를 닦아내는 건
내가 하게 되는 일.

책상의 위치를 그려보는 건
당신이 좋아하는 일.
책상 아래 전선을 정리하는 건
내가 하게 되는 일.

전선을 묶으며 생각한다.

컴퓨터와 연결된 수많은 선들이 사라진다면
얼마나 좋을까.
당신이 싫어하는 것들은
모두 다 눈앞에서 이 세상에서 치워주고 싶었는데.

유선으로 연결된 내 마음들이 발에 치인다.
서운함이나 시기, 외로움이나 감기 같은 것.
당신에게 가서 닿기까지 여기저기 흔적을 남긴
거추장스러운 내 마음의 전선들.

이곳은 무선의 세계.
당신과 함께 살고 싶어
시끄러운 것들을 싹둑싹둑 잘라낸
이 집은 무선의 세계.

모든 사람이 슬픔으로 기억되지는 않는다

언제나 새로운 사람을 좋아한다.

그럴 준비가 되었다는 듯이

당신을 좋아했다가, 또

당신을 좋아했다가, 또 이제는

당신을 좋아한다.

모든 사람이 슬픔으로 기억되지는 않는다고

누군가 말해주었던 것 같다.

한통의 전화

당신의 번호를 알고 있지만
난 그 한 통의 전화를 기다리고 있다.
먼저 전화를 걸 수 없는 사람이 있다.
이 관계의 시작이
당신에게 달려 있다는 그런 핑계를 대고 나면
나는 온몸을 묶인 걸리버가 된 채로
그저 한 통의 전화를 기다릴 뿐이다.
여보세요, 라는 말에
침만 꿀꺽 삼킬 게 뻔하지만
나는 간절히 한 통의 전화를 기다리고 있다.
아무것도 할 수 없는 기다리는 동안들이
쌓이다 지나가고 쌓이다 지나간다.

익숙한 체념

지하철에서 내려야 할 역을 지나친 것만 같을 때

이번 역이 어딘지 보고 싶어서 창밖을 살피는데

기둥과 기둥에 가려 역의 이름이 보이지 않는다.

고개를 이리저리 돌릴 때마다

열차의 속도가 빨라진다.

결국 이번 역이 어디인지 놓쳐버렸다.

이건 익숙한 체념.

착각이길 바랄수록 분명해지는 사실들이 있다.

10초만 먼저 알아챘으면 놓치지 않았어도 될 일들이,

조금만 더 껴안아주었으면 등돌리지 않았어도 될 사람들이,

언제나 익숙하게 떠난다.

익숙하게 놓친다.

나보다 더 행복한 사람들의 숫자

아픈 친구에게 병문안을 가서 세상엔 훨씬 더 아픈 사람들이 많으니 힘내라고 말했다. 그 순간 내가 친구를 세상에서 가장 아픈 사람으로 만들었다는 사실을 알아버렸어. 이런.

나는 당신이 당신보다 더 힘든 사람의 수를 세느라 시간을 보내지 않았으면 좋겠다. 당신보다 더 행복한 사람의 수를 세느라 조금의 시간도 쓰지 않았으면 좋겠어. 사는 건 오디션이 아니니까. 힘들면 울고 행복하면 웃어야지. 지지도 말고 이기지도 말아야지.

난 그만두는걸 해보려고 해.
포기하는게 습관이
되어가는 건지 무섭지만
견디는 동안 사라지는 나를
모른척해서는
안 될것만 같다.

곰팡이

눈물이 많은 사람이었다.

곰팡이가 자꾸 생겼다.

미안했다.

기쁨으로 흘린 눈물에는 살아지지가 않고

왜 나는

슬픔으로 흘린 눈물로만 살아질 수가 있는지.

눈물이 많은 사람이었다.

내가

참 오래 좋아했다.

지는게 이기는 거라는 말

자정이 되어가는 금요일 밤, 늦게까지 일한 나에 대한 보상으로 영화관에 가는 걸 좋아한다. 지금 다니는 회사가 그때는 신당동에 있었는데, 걸어서 삼십 분이면 대한극장에 도착할 수 있었다. 그곳에서 상영되는 작은 영화들을 좋아했다. 작품성이 좋아서라든지 고상해서라든지의 이유는 아니었다. 그냥 작은 영화를 보러 온 관객들은 친근했고, 큰 소리 내지 않는 그들의 적당한 침묵이 좋았다.

영화 〈킬 유어 달링〉을 보던 밤이었다. 한창 영화에 집중해 있는데 너무나 정직한 휴대전화 벨소리가 울렸다. 열 명 남짓한 관객들 중 얼큰하게 취한 중년의 사내가 있었는데, 그의 것이었다. 지금 자기가 있는 장소가 상영관 안이라는 것을 잊은 듯이 쩌렁쩌렁한 목소리로 통화를 하기 시작했다. 절반이 욕이었다.

기분이 너무 나빴지만 난 아무 행동도 하지 못했다. 귀에 들려오는 욕도 무서웠고, 뒷좌석을 돌아봤을 때 윗도리가 터질 것처럼 빵빵한 그의 근육들도 무서웠다. 여기저기서 수군대기만 할 뿐 그곳에 있던 우리들은 모두 용기가 없었다. 아마 삼 분 정도 통화를 했던 것 같다. 그 삼 분이 삼 년처럼 오래였다. 전화를 끊고 얼마 지나지 않아 그는 코를 골며 잤다. 그나마 코 고는 소리는 참을 만했다.

집으로 걸어오는 길 내내 생각했다. 잘 견뎠어. 어쩔 수 없었어. 그래, 잘한 거야. 하지만 속에서 차오르는 어떤 부끄러움은 감당할 길이 없어서 고개를 떨구고 앞으로 걷기만 했다.

지는 게 이기는 거라는 말은 분명 일방적이다. 이길 수 있는 상황에서 지는 걸 선택하는 사람은 지금처럼 충분히

상해버린 내 마음을 모를 테다. 질 수밖에 없는 상황에서 지는 게 이기는 거라고 스스로를 위로할 때, 우리는 또 한 번 지는 것이다. 세상에 지는 걸 원해서 지는 사람이 어딨겠어.

꽃다발을 사는 일

그러니까 꽃다발을 사는 일 같은 게 나한테는 무척 어려운 거라니까요. 꽃다발 하나에 보통 얼마나 하는지, 어떤 꽃을 얼마큼 사야 하는지 인터넷에 검색하면 금방 알 수 있을 줄 알았는데, 그게 또 아니더라고요. 어려운 일들만 어려운 게 아니었어. 쉬울 줄 알았는데 쉽지 않은 일들. 금방 알 수 있을 줄 알았는데 아무래도 알 수 없는 일들. 그게 어렵고 까마득해서 힘들어요. 무게를 잴 수 있을 줄 알았는데 도통 크기를 알기 어려운 내 마음들이요. 그 사람을 생각하는 내 마음 같은 것들이요.

반반

사람들은 무엇이든 반으로 나누는 걸 좋아한다.

성공이나 실패,

합격이나 탈락,

내 편이나 적으로.

결과라는 건 그렇게 나눌 수 있을지도 몰라.

하지만 과정들은 그럴 수 없다고 믿고 있다.

나를 철없는 사람으로 바라보는 시선들이 있을지라도,

내 노력들은 반으로 갈릴 수 없다는 걸 증명해가며 살고 싶다.

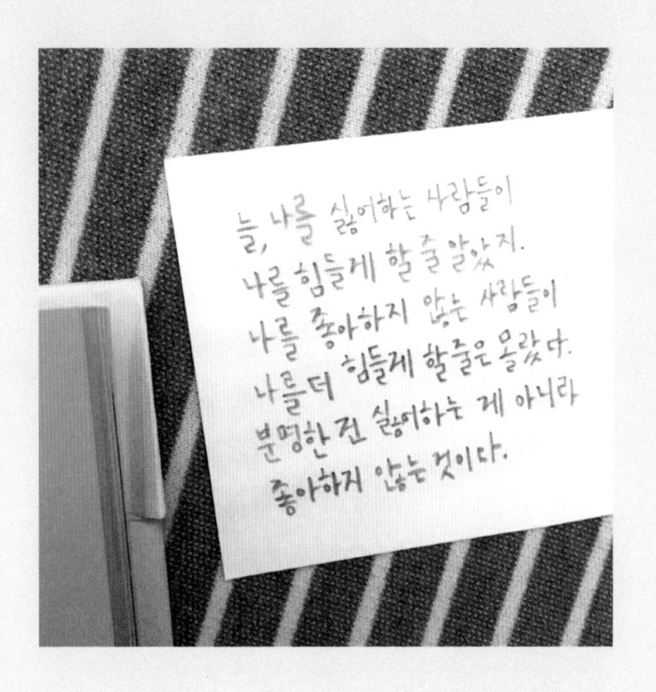
늘, 나를 싫어하는 사람들이
나를 힘들게 할 줄 알았지.
나를 좋아하지 않는 사람들이
나를 더 힘들게 할 줄은 몰랐다.
분명한 건 싫어하는 게 아니라
좋아하지 않는 것이다.

질서가 필요한 사람

버스 정류장에서 나보다 먼저 온 사람들을 기억했다가,

그 사람들보다 나중에 타는 사람이 되고 싶었다.

하지만 나는 자주 피곤한 사람이 되고.

지키지 못하고.

따뜻한 마음이라는 건 얼마나 약할 때가 많은지

질서라는 게 필요한 사람이구나. 난.

노력의 끝에 서 있는 사람

소개팅을 할 때면 그 사람 뭐하는 사람이냐고 물어봤다. 미리 전해 받은 연락처의 사진만큼이나 궁금했다. 사진 속 예쁜 웃음을 보면 나도 자연스럽게 입꼬리가 올라가는 일처럼, 속으로 바라왔던 것들의 흔적을 가지고 있는 사람이었으면 좋겠다고 생각했다.

동경하는 일을 하는 사람이면 마음이 더 갔다. 가고 싶던 회사에 다니는 사람이면 마음이 더 더 갔다. 핑계 같지만, 속물이라고 생각하기엔 어쩔 수 없는 일.

우리는 노력하고 있고, 우리는 모두 노력의 끝에 서 있는 사람들이라서. 이게 나라는 사람의 전부는 될 수 없지만 노력의 끝에서 만난 사람들이 너무 반짝반짝. 그렇게 빛나고 있어서 그러는지도 모르겠다.

찬바람

미안, 나 늦을 거 같아.

따뜻한 데 들어가 있어.

이렇게 말하는 너를,

나는 따뜻한 사람이라고 좋아했어.

이 정도 추위쯤이야 얼마든지 괜찮다는 생각이 들게 했던 사람.

그랬던 사람이 오늘은 오지 않는다.

정말 따뜻한 사람은 기다리게 하지 않는다는 걸,

미안, 나 조금 늦을 거 같아, 라는 말을 부끄럽게 꺼낸다는 걸 그때 그 겨울에는 몰랐다.

시간에게 배운 것

미운 사람이 생기면 미워하고, 싫은 일은 싫다고 말하는 사람이 되려고 노력했다. 표현하지 않고 혼자 쌓아두기만 하는 일이 제일 안 좋은 습관이라는 걸, 시간이 말해줬다.

자기밖에 모르고 타인을 배려할 줄 모르는 사람들 사이에 멈춰서 있었던 일. 괜히 거기에 끼어서 내가 예민한 걸까봐, 누군가에게는 나도 그런 사람이겠지, 하고 모든 것을 좋게 넘기려고 한 일. 그런데 그게 도무지 그저 웃어넘길 수만은 없다는 걸 알게 됐을 때, 이 모든 것들을 그만해야 한다는 다짐을 했다.

괜찮다. 조금 예민한 사람으로 남는 일.

괜찮다. 오롯이 내 모습 그대로 남는 일.

작은 선물

언젠가 네가 여행지에서 사다 준 립밤.
오랜만에 뚜껑을 열었더니 끝이 딱딱하게 말라 있다.
열심히 바른다고 발랐는데,
입술에 뭘 바르는 습관이 배지 않아서. 미안.
준 사람은 잊어버리고 마는 사소한 선물일지라도,
무언가를 버릴 때 정말로 큰 용기가 필요한 사람들이 있거든.
나는 아마 버리지 못할 것이다.
아른거리는 마음을 만지작만지작하며,
마르지 않게 지켜갈 것이다.

불편할수 있는 사람

회사에 들어간 지 한 달 된 친구랑 저녁을 먹는데, 그가 이렇게 말했다.

"아, 편한 마음으로 밥 먹으니까 너무 행복하다."

친구의 선배들이 무슨 잘못을 한 것은 아니다.
그냥 우리 마음이 알아서 눈치를 보는 거지.
나도 회사에서 나쁘지 않은 사람들과 밥을 먹는데,
그 순간이 자주 불편하고 힘들었다.
우리는 어쩌면, 자주 타인에게 불편한 사람일 거다.
나쁘지는 않지만 불편할 수 있는 사람.
마음 한켠에 들어갈 자리가 없으면
언제든 누구든 그럴 수가 있다.

생일 케이크

케이크를 사면 성냥을 두 개밖에 주지 않아서, 나는 꼭 라이터를 챙겼다. 초에 불을 켜고 "생일 축하해" 박수를 치고 소원을 빌고 촛불을 끄고. 친구가 소원을 빌고 나면 한 번 더 불을 붙였다. 친구들이 케이크의 조각을 잘라 입으로 가져갈 때 불장난을 하는 척하면서 몰래 소원을 빌고 후욱 하고 촛불을 껐다. 초가 몽땅하게 녹아내릴 때까지 다시 불을 붙이고, 소원을 빌고, 촛불을 끄고.

뒤늦게 먹는 케이크는 많이 달다. 한심한 눈으로 쳐다보지 말아. 나 소원을 빌어야 할 게 너무 많아. 예전에는 너랑 오래오래 행복하게 해주세요, 라고 빌었는데, 그런 커다란 소원은 많은 밤을 자야 힘겹게 이루어지거나 안 이루어질 때가 너무 많아서 바로바로 이루어지는 소원들을 빌기 시작했어.

내일도 맛있는 케이크를 사줄 수 있게 해주세요. 내일은 시원한 비가 오게 해주세요. 모레는 그 비를 바짝 말려주세요. 사랑하는 네가 내일도 회사에서 울지 않게 해주세요. 혹시나 울고 싶어지면 나에게 제일 먼저 전화하게 해주세요. 이 초가 다 녹기 전에 한마디라도, 너를 위해 한마디라도 더 할 수 있게 해주세요.

좋아하는 일을 먼저

어릴 때 편식하는 아이들의 버릇을 고쳐주려고 선생님이 꾀를 냈다. 가장 맛없는 반찬부터 먹기. 맛있는 건 배가 조금 불러도 무리 없이 먹을 수 있으니까.

습관이 된 것들은 왜 쉽게 고쳐지지 않는 건지, 이젠 검사하는 선생님도 없는데 여전히 맛없는 반찬부터 먹고 있는 내 모습을 본다. 조금 고맙기는 하다.

학창 시절 시험공부도 제일 싫어하는 과목부터, 샤워를 할 때도 제일 싫어하는 양치질부터 하게 해준 것. 싫어하는 일을 먼저 하는 아이에게 어른들은 착하다고 말했지만 아무도 착한 사람을 부러워하지 않았다는 것을 너무 늦게 알았다.

어린 시절 알림장에 적어야 했던 것처럼 '꼭 해야 할 일'로 가득찬 하루하루는 아니구나. 그러니까 싫어하는 일을 먼저 하려고 애쓰지 않아도 된다고.

좋아하는 일을,

제일 맛있는 음식을,

보고 싶은 사람을,

그리고 오늘 같은 일요일이면 가장 좋은 냄새가 나는 책을 읽어도 될 것만 같다. 그런 삶은 살아보지 않았어도 늘 그립다.

필요한 온도

어떤 일을 단호하게 체념하기 좋은 온도.

말을 하지 않아도 마음이 전달되는 온도.

막연한 불안함이 몸속으로 스미는 온도.

그럼에도 불구하고 나 꽤 잘 살아왔구나, 하고

두 발로 오래 서 있을 수 있는 온도.

그 사람 말이 없더라고

내가 언제부터 말이 없어졌더라. 첫사랑에 실패했을 때였나. 아니다. 식당에서였던 것 같다. 누군가와 마주앉아 같은 음식을 먹고 있었는데, 맞은편의 사람이 말했다. "이렇게 맛없는 음식을 어떻게 먹어?" 심지어 잘 먹고 있는 내 모습을 빤히 쳐다보면서.

그 이후로 그 사람을 안 만났다. 드라마를 보며 울고 있을 때, 울 일도 참 많다고 혀를 차는 사람들. 풍경에 압도되어 할말을 잃었을 때, 에이, 사진보다 별로네 하고 투덜대는 사람들. 그때 생각했다. 그래, 말을 하지 말자. 소리가 되어 나오는 것들은 얼마나 큰 책임을 갖고 있니. 누군가의 귀로, 눈으로, 마음으로 다가가서 얼마나 큰 이야기가 되니. 그러니 우리, 말을 하지 말자.

흔적을 남기는 일

모든 것을 담고 사는 것은 우리에겐 너무 어려운 일. 세상에는 우리를 스쳐가는 것들이 너무나 많다. 그것들을 다 붙잡아두려고 안간힘을 쓰는 것만큼, 안달하는 것만큼 안쓰러운 일도 없다.

가슴에 한번 담았다가 놓아버리는 것도 괜찮은 일이다. 나의 흔적이 묻어 있다면, 언젠가 그것들이 모이고 모여서 우리의 인생을 이야기해줄 수 있지 않을까. 내가 이만큼 이렇게 살았다는 이야기. 아무것도 아닌 사람은 아니었다고.

연필 끝

내가 나에게 물었다.

추억을 적는 게 어렵지 않아?

나는 대답했다.

어렵지 않다고,
연필 끝에 자꾸만 묻어난다고.

#변명 같은 말들의 위로

다른 사람은 내가 아니니까 잘 모를 거라고, 다른 사람은 내가 지금 얼마나 막막한지 짐작도 못할 거라고, 그렇게 스스로에게 말하는 게 저는 위로가 됐어요.

그런 변명 같은 말들이 나를 붙잡아주는 순간이 분명히 있더라구요. 안 그래도 힘들잖아요. 그러니까 스스로를 나쁘고 부족한 사람으로 만드는 과정은 생략해도 돼요. 훌쩍 건너뛰어도 돼요.

그리고 우리는, 우리 생각보다 더 착한 사람일 거라고 생각하고 있고요.

어른들의 말

가끔 어른들의 말에서 상처를 받고는 한다.

자기가 결국에는 좋은 사람이니까

알고 보면 선한 사람이니까

가끔은 뾰족한 말을 해도

짜증을 한껏 뒤섞어도 괜찮다고 생각하는 것만 같다.

그렇지만 듣는 우리는 매 순간을 느끼잖아.

순간순간은 속상하잖아.

기분이 먹먹해지잖아.

화도 나잖아.

그러니까 우리, 철없는 어른들의 말은

빗방울처럼 흘려보내자.

상처 입은 순간순간들이 모여서

우리의 인생이 되지 않도록.

제일 싫어하는 사람

자기 기분이 나쁘면 꼭 그 나쁨을 전염시켜야 하는 사람들이 있다. 누군가와 전화통화 후 마음 상하는 일이 있으면, 꼭 팀원에게 호통을 치던 상사. 그 순간 그 자리에 존재했다는 이유만으로 화풀이의 대상이 되고는 했었다.

누군가는 이런 일에 초연할지도 모르겠다. 그냥 내가 유난히 예민하고 눈치를 많이 봐서 그런 것도 사실이니까. 대상이 없는 분노의 표출일 뿐인데, 그 사람은 기억도 못하는 일인데, 나 혼자 끙끙. 그래도 내가 이런 사람인 걸 어떻게 해. 옮겨붙은 기분 나쁨을 털어내는 데 반나절은 꼬박 걸리는 사람인데. 시원하고 깔끔한 커피 한잔 마셔줘야 후련해지는 사람인데. 그러니까 나랑 비슷한 사람들 편에서 말하건대 기분 나쁨을 전염시키는 사람들이 세상 제일 싫다.

혹시나 내가 그렇게 살고 있다면 진짜 뺨 때려줘. 막 두들겨 패줘.

#견본품의 마음이 사는 나라

서점에서 사람들이 꺼내 읽은 책들.

한 명 두 명 입어보기 시작한 옷들.

무게를 잃어가는 향수들.

한 번 두 번 스쳐간 사람들.

한 달 두 달 기다려온 사람들.

일 년 이 년 그리운 사람들.

기대고 싶은데 기댈 곳이 없는 마음 같은 것들.

서점에 가서 읽고 싶은 책을 꺼내보고, 다치지 않게 조심히, 흔적이 남지 않게 살며시, 다시 꽂아놓았다. 그래도 내 손때가 묻은 건 묻은 거더라고. 조심한다고 해서 처음과 같을 수는 없다는 걸 배웠어. 사지 않아서 미안. 그 책들처럼 나도 구겨진 모서리를 가지고 보니 정말 미안한 일. 사지 않아서 미안.

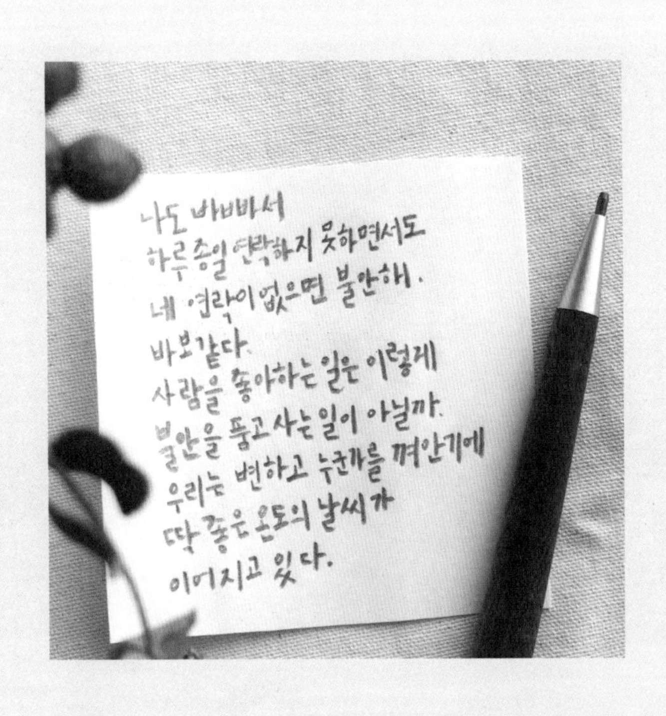
나도 바빠서
하루 종일 연락하지 못하면서도
네 연락이 없으면 불안해.
바보 같다.
사람을 좋아하는 일은 이렇게
불안을 품고 사는 일이 아닐까.
우리는 변하고 누군가를 껴안기에
딱 좋은 온도의 날씨가
이어지고 있다.

짠맛이 사라지면

나는 가끔 기분이 안 좋을 때

손을 구석구석 씻는다.

비누 거품까지 내면서 뽀드득뽀드득.

그러고는 입으로 손을 가져가

혀를 살짝 내밀고는 맛을 본다.

짠맛이 사라지면

나는 내가 깨끗해진 것 같다는 생각을 해.

뭐든 다시 시작할 수 있다고 느껴.

짝사랑을 접는 방법

짝사랑을 접는 나만의 방법이 하나 있는데,
그건 사랑하는 마음을 무작정 키우는 거야.
마음이 열기구만큼 커져서
그 사랑이 완벽하게 보이게 되면,
그때 사랑을 만나러 간다.
완벽한 기대 앞에는
언제나 실망이 있기 마련이니까.

근데, 사랑이 풍선처럼 부푸는 바로 그 시간들이
참 행복하고 아프더라구.

마카롱을 고르는 일

살아가는 일이, 인생이, 현실의 삶이,

디저트 가게에서 마카롱을 고르는 일 같았으면 좋겠다고 생각한 적이 있다.

마음껏 망설여도 하하호호 웃으며 기다려주고

진열장 유리에 비친 얼굴마다

행복한 두근거림이 묻어나는 순간 같으면

얼마나 좋겠어.

나쁜 사람은 아닌데

싫은 사람은 만나지 말아야지,

마음을 먹으면서도 마음대로 되지 않는다.

그게 어려운 이유는

아, 그 사람 원래 나쁜 사람은 아닌데, 라는 오지랖 때문.

하지만 나한테 싫은 사람이면

그 사람, 적어도 나한텐 나쁜 사람이다.

무얼 위한 착한 척인지 모르겠는 그런 연기 따윈

할 필요가 없는 거야.

여백

나는 늘 부족한 사람이라고 생각하는 대신,

여백이 많은 사진을 한 장 떠올렸다.

나는 풍경 같은 사람.

그리면 그릴수록 당신에게 편안해지는,

당신에게 지금 제일 필요한 사람.

대파 한단

혼자 살면서 내가 느낀 것은, 관심이 없는 곳에 놓인 것들은 죽어간다는 것이다. 대파 한 단을 사서 냉장고에 넣어 뒀는데 너무 오랫동안 잊고 있어서 그만 다 말라죽었다. 내 잘못으로 일어난 일인데, 난 또 이런 것에 서운해지기 시작한다. 까먹으려고 까먹은 게 아니잖아.

오래오래 보고 싶은데 너무 금방 돌아서는 것들. 잠시라도 관심을 거둘라치면 기회는 이때다 하고 나로부터 도망치는 것들. 사람들. 비 오는 토요일 같은 것들. 말라버린 대파 한 단 같은 것들이 사람을 얼마나 외롭게 하는지. 또 냉장고 돌아가는 소리는 가슴을 얼마나 서늘하게 하는지.

숨 참기

많은 사람들이 '외롭다'는 말을

'좋아해'라고 내뱉는다.

그 말에 걸음을 잡힌 사람들.

물속에 잠긴 채

숨을 참는 법도 모르고 갇힌 사람들.

첫사랑은 레몬 같지 않아요?

"첫사랑은 레몬 같지 않아요?"

"새콤해서?"

"아니요. 생각만 해도 침이 고이잖아요. 먹어보지 않았으면 아무리 생각해도 침이 고이지 않았을 텐데. 겪는다는 건 자주 무서운 것 같아요. 그 사람 레몬 같아요. 생각만으로도 찌릿하거든요."

조금 불편하기는 하지만 죽을 만큼은 아닌 일들

뭘 짓을 해도 잠이 오지 않을 때.

아무 짓을 안 해도 잠이 오지 않을 때.

낮에 연거푸 마신 커피를 생각한다.

비몽사몽으로 보내는 오전이라든지,

몇 달째 줄지 않는 몸무게라든지,

밤새 공부했으면 한두 개 더 맞혔을 시험문제라든지,

내 삶은 이런 것들로 가득차 있다.

알면서도 하게 되는 일들.

조금 불편하기는 하지만 죽을 만큼은 아닌 일들.

#빈자리

좋은 사진을 고르려고 고민하다가

결국 아무것도 고르지 못하는 사람처럼.

좋은 제목을 지으려고 고민하다가

결국 아무런 이름도 붙이지 못하는 사람처럼.

좋은 사랑을 하려고 고민하다가

결국 자기 자신도 사랑하지 못하는 사람처럼.

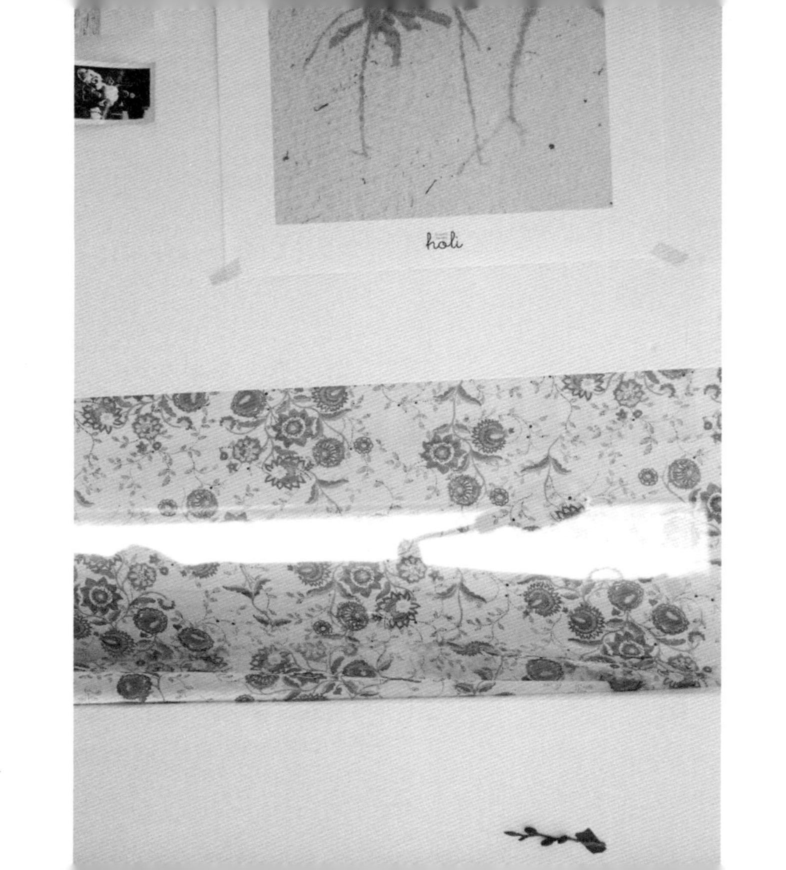
holi

포기

다른 것을 포기하는 것은 참 쉬운데
슬픔을 포기하는 것은 어렵게만 느껴진다.
하나를 포기해야 한다면
슬픔이어야 하는 게 맞다.
아무래도 슬픔은 복잡하고 어려우니까
그게 맞는 거야.

일 인분의 자기방어

음악 들어야지, 하고 귀에 이어폰을 꽂고는 정신없이 다른 일을 하다가 그제야 휴대폰에 이어폰을 꽂지 않은 것을 알게 되었다. 그런데 문득 마음이 편안해진다. 이 정도의 자기방어. 귀를 닫지도 않고 열지도 않고 마음을 닫지도 않고 열지도 않고. 나를 주지도 않고 받지도 않고. 이렇게 살다가 죽겠지.

아무 소리도 없는 음악이 귀에다 말해주고 갔어. 편안했어. 조금은 슬펐어.

행복하지 않을 권리

내 삶이 꼭 행복해야 한다고는

생각하지 않아요.

'행복'의 반대가 '불행'은 맞는 것 같지만

'행복하지 않음'이 곧 '불행'은 아니니까.

무언가를 꼭 해야만 한다면서 강박으로 채워진 삶이

내겐 더 불행이에요.

이게 내가 찾은 삶의 이유예요.

하다가 그만두더라도

하다가 그만두더라도 하는 것이 낫다. 공들여 작업한 문서가 실수로 지워지듯이 지금 당장 사라진다고 해도, 내가 여기에 이만큼 수고를 들였다고 증명할 수도 없는 것을 위해 수고하고 있다.

결국에 나는, 사라지는 것이 두렵다. 지금 당장 사라진다고 해도 아무도 눈치채지 못하는 삶이라는 것을 살아가면서 느끼고 있다. 눈에 담기는 모든 것이 세상의 중심이었던 아이는 이제 어디에도 없다.

'그럼에도 불구하고' 하다가 그만두더라도, 하는 것이 낫다. '잘하는 사람은 세상에 너무나 많지만, 꾸준한 사람은 그만큼 없어서' 하다가 그만두더라도, 꾸준히 흔적을 남기다보면 나를 기억해주는 누군가를 만나게도 된다.

꾸준히는 너무 어려운 일이라 꾸준히 그만두는 것도 언젠가 어려워지면, 그만두지 않는 날도 오겠지.

열심히 일을 하는 이유

12시가 넘었다. 어떤 사명감 때문인가. 보람 때문일까. 아주 없다고 말할 수는 없는데, 그게 다라고 말할 수도 없는 게 맞다. 글쎄, 이렇게까지 열심히 하는 이유가 뭐지.

열심히 일하고 나서 생각도 몸도 너무 지치면, 난 집에 가는 길에 테이크아웃 할인을 안 해주는 카페에 가서, 커피를 테이크아웃해간다. 평소라면 망설였을 화분들도 조금은 과감하게 사서 집에 들고 온다. 편의점에 들어가서 먹고 싶었던 불량식품들을 집어들기도 한다. 열심히 일했으니까 괜찮아, 라고 스스로를 타이르면서.

평소와 다른 이런 내 모습이 좋기도 하면서, 속상하기도 하다. 이렇게 저질러도 아무렇지 않은 일들을 왜 평소에는 금기처럼 참고만 지냈는지. 마음을 옹졸하게 먹어버렸는지. 그러다 결국 이렇게 내가 아끼고 싶었던 것들이나 아껴야 하는 것들을 아끼지 못하게 되는 것 같기도 하고.

#휴대전화를 잃어버린 날

휴대전화를 잃어버린 날,

속상한 마음을 드러내고 말았더니

그 안에 뭐가 들었냐고 묻는다.

부끄러운 사진들이 많냐는 물음에

얼굴이 먼저 빨개졌지만,

아니야.

그냥 사진들.

외우지 못해 적어둔 여러 비밀번호들.

스쳐간 사람들과 주고받은 메시지들.

혹시나 꼭 있어야 하는 거냐고 물어본다면

이유를 만들기 위해

우물쭈물 몇 시간을 써야겠지만

그래도 가지고 있고 싶은 거.

잊고 살기엔 많이 무거운 기타 등등들.

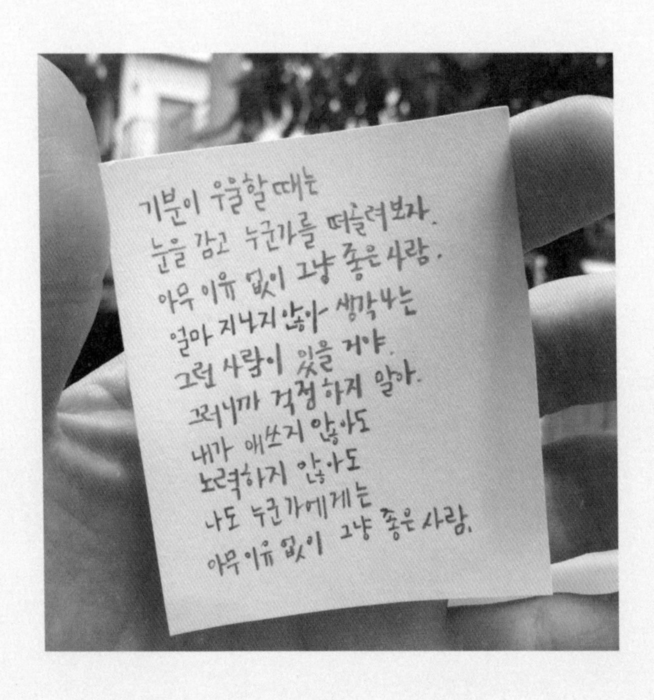
기분이 우울할 때는
눈을 감고 누군가를 떠올려보자.
아무 이유 없이 그냥 좋은 사람.
얼마 지나지 않아 생각나는
그런 사람이 있을 거야.
그러니까 걱정하지 말아.
내가 애쓰지 않아도
노력하지 않아도
나도 누군가에게는
아무 이유 없이 그냥 좋은 사람.

그렇게도 유난히 뜨겁고 무더운 여름이었다

얼마 전 늦은 퇴근을 마치고 심야영화를 보러 갔다. 한 여고생이 여름을 지나며 겪은 사랑 이야기였다. 여고생, 교복, 첫사랑, 한여름 같은 단어들에 마음이 스치자 왠지 극장 안에서도 풀벌레 소리가 들리는 듯했다. 영화는 '그렇게도 유난히 뜨겁고 무더운 여름이었다'는 내레이션으로 시작되었다. 이런 내레이션을 들을 때나 문장을 만날 때면 마음이 간지러워지면서, 마음속에 몽글몽글한 구름이 생겨난다. 조금 촌스럽지만 그만큼 웃음이 예쁜 친구 생각도 나고, 진부하지만 마음을 뺏기는 고백들도 생각나서. 이 모든 이유로 나는 저 문장이 좋아졌다. 나의 과거를 굽어 화양연화•를 생각한다면 그 순간을 표현하는 말은 저것 말고는 어떤 것으로도 대체할 수 없을 것만 같아서. '유난히 뜨겁고 무더웠던 여름'에서 누구도 끈적한 땀방울을 떠올리지는 않을 것 같아서. 혹시나 아주 잠깐 동안 끈적한 땀방울이 생각난다 하더라도 이내 시원한 바람이 등줄기를 훑고 지나갈 것만 같아서.

• 홍콩 왕가위 감독의 2000년 작품으로, 장만옥과 양조위라는 톱스타를 캐스팅하여 완숙한 사랑을 담은 영화이다. 인생에서 가장 아름다웠던 한 시절을 은유하는 말로 흔히 쓰인다.

별점

사람들이 멋지다고 말하는 영화라고 해서 꼭 별 다섯 개를 주지 않아도 괜찮지요. 사람들이 내 안목을 의심할까봐 걱정하지 않아요. 보고 나서 자꾸 생각나는 영화가 나는 좋아요. 괜히 봤다는 생각이 들지 않는 것. 시간이 아깝다 생각 들지 않는 것.

좋아하는 사람들도 그렇지 않나요? 남들한테 희미한 내 사랑의 모습을 얘기하면 꼭 별 하나를 받을 것만 같아서 웃지요. 내 싸구려 같은 마음들만 자꾸 생각납니다. 상처가 제법 크게 남아 있어도 시간 아까웠다는 생각이 들지는 않아요. 여전히 보고 싶고 그립기만 합니다.

수건은 색깔별로

수건은 좋은 걸로 샀다. 호텔에서 쓴다는 40수짜리로. 무게는 200g이 넘는 걸로. 머리부터 발끝까지 닦아도 축축해지지 않았으면 하는 마음으로.

처음 자취를 시작할 때 아무리 바빠도 수건은 꼭 색깔별로 정리해서 화장실 선반에 넣고 싶었다. 속옷이랑 양말도 건조대에서 바로 걷어 입고 싶지 않았다. 아무리 피곤해도 반듯하게 접어 넣은 걸 수납장에서 꺼내 입고 싶었다. 친구가 처음 놀러왔을 때까지는 잘 지키고 있었는데, 세번째 놀러왔을 때는 잘 지키지 못하고 있었다. 역시 그럴 줄 알았다며 친구는 놀렸지만, 처음의 마음을 기특하게 생각해주면 안 되는 거냐고 괜히 속으로 따져 물었다.

우리도 마찬가지다. 너도 좀 그래. 우리 지금은 어긋났지만 첫 마음을 애틋하게 생각해주면 안 되냐고. 그때의 마음을 조금 더 좋게만 기억해주면 안 되겠냐고.

맛집인데 줄서서 먹을 정도는 아니야

맛집인데 줄서서 먹을 정도는 아니야, 라는 말을 할 수도 있지. 아, 괜히 기다렸어. 시간 아깝게, 라는 말도 할 수 있기는 해.

근데 난 그런 말을 들으면 그 사람과 얼른 헤어지고 싶다. 일어나서 가방 들고 집에 가고 싶다. 줄서서 먹어달라고 하지도 않았는데 괜히 주인을 공격하는 말을 굳이 입 밖에 내야 하는 건가 싶어서. 저희 식당이 왜 이렇게 유명해졌는지 모르지만, 수고롭게 찾아와주시는 손님들이 너무나 고맙지만, 경우에 따라서는 줄서서 먹을 정도는 아니라고 느끼실 수도 있어요. 괜히 기다렸다고 느끼실 수도 있다구요. 주인이 일일이 해명하고 다녀야 하는 걸까.

너 쿨한 앤 줄 알았는데 아니네. 너 착한 앤 줄 알았는데 아니었어, 라는 말도 정말 그만해줬으면 좋겠다. 그렇게 봐

달라고 한 적이 없지만, 괜스레 미안한 마음이 들어서. 쿨한 척하고 착한 척한 사람이 되어버려서 자꾸만 미안해지니까.

자동차가 운다

골목길. 비싸 보이는 차가 큰 소리를 내며 지나간다. 좁은 길인데, 사람이 이렇게 많은데, 뺑튀기 소리보다 커서, 지나가는 사람들이 다 쳐다본다.

외로워서 그래.

조그맣게 혼잣말을 했다. 그 말을 들었는지 자동차가 운다. 크게 운다. 외로우면 할 줄 아는 게 큰 소리로 우는 것뿐이라고. 외로운 사람을 태운 채 큰 소리를 내며 지나가고 있었다.

욕심이 많은 사람

욕심이 많다고 하는 사람을
욕심이 많다고 미워한 적은 없었다.
욕심 없다 말했던 사람들이
욕심을 부릴 때 미워했지.
늘 가짜가 힘겨웠다.
나에게 진실하지 못했던 사람이나
나에게 솔직하지 못했던 나 스스로가
늘 미웠던 것 같다.

말 못하는 형이 되어

가까이 지내는 동생들이 내게 푸념을 했다. 그 당시 예민한 친구들과의 관계. 배신이라고까지 말할 건 또 없지만 그런 비슷한 일 속에서 그들은 분명 버거워하고 있었다.

나를 배려하지 않는 친구 한 명을 떠나보내는 건 오히려 앞으로 훨씬 큰 이득이 될 거야.

어른이 되고 나서야 떠나보내는 게 겨우 감당할 만한 일들처럼 느껴지는 내가 이런 말을 하는 건, 아무래도 비겁한 게 아닐까 싶기도 해. 마음을 준 사람들이 떠나고 나면 와장창 허물어지는 벽들을 보면서 제일 많이 허탈해한 게 누구였더라.

내가 잠들면
재미있는 일이 생기고

어린 시절, 오랜만에 사촌형들이 와서 즐거웠던 나는
늦게까지 깨어 있고 싶어서 졸린 눈을 비비면서
잠들지 말아야지, 라고 계속 다짐했다.
재미있는 일들은 항상 내가 잠들어버린 후에 일어났고
난 늘 다음날 형들의 얘기를 들으면서 아쉬워했다.
내가 다짐하는 순간에
사촌형들은 모두 내가 잠들기를 기다리고 있었는지도.
분명한 건 여전히 재미있는 일은 내가 잠든 깊은 밤에 일어났다.

젊어서 힘

우리는 젊잖아.

그러니까 금방 다녀올 수 있을 거야.

그건 맞다.

우리는 놀며 쉬며 걸었는데도

책에서 본 예상 시간보다 빠르게 등산을 다녀왔다.

산을 오르내리는 동안

더 빨리 걸어야 하지 않을까 하는 조급함도 있었고

젊으니까 더 모르는 것투성이였고

처음인 것들이 많으니까

그만큼 눈길을 사로잡는 것도 여기저기 흩어져 있었고

양보도 더 많이 해야 하고

고민도 망설임도 더 자주 했는데도

어떻게 그렇게 빠를 수 있었을까.

관계

소리 없이 생겨나 집 안에 쌓이는 먼지처럼
당연한 두께를 만들어가는 일.
그러다 바람 불면 날아가는 나뭇잎처럼
알게 모르게 흩어지는 일.

이 모든 게 소중해.

좋은 노랫말을 알고 있어요

좋은 노랫말 같은 사람이었다.

멜로디에 마음을 뺏겨 온종일 듣다가

어느 순간 귀에 들리는 노랫말에

문득 몸서리치게 좋아져버린 사람.

계절이 기억나는 일

벚꽃을 좋아하는 이유는

어느 한 계절을 기억나게 하기 때문일지도 모르겠다.

사시사철 피는 꽃나무들이

이만큼 큰 사랑을 받을 수 있을까.

어떤 순간을 되감기라도 하듯 기억나게 한다는 것은

얼마나 대단한 일인지.

그 가벼운 분홍 꽃잎이

어떻게 이렇게 대단한 일을 하고 있는지.

산책

너는 나를 꼭,

산책 같은 사람이라고 생각해줬으면 좋겠다.

커다란 사람은 되지 못해서

너의 마음을 몽땅 끌어당기지 못하는 걸 알아.

네가 잠시 쉬었다 갈 때

박하사탕을 받는 기분을 주고 싶어서

난 녹색의 나뭇잎들을 키우고 있어.

그러니까 나는 여행 같은 사람이기보다는

산책 같은 사람쯤.

별얘기

옛날에는 지금보다 별이 더 잘 보였대.

요즘은 하늘에서 별 보기 참 힘들다. 그치?

내 삶이 별이 안 보여도 괜찮게 되어간다니. 너한테는 모든 게 안 그랬으면 좋겠다. 줄어가는 것을 눈으로 보면서 살아가고 싶지 않아. 아무리 열심히 줘도 자꾸자꾸 옅어지게 될 내 마음 같은 거. 별처럼 반짝반짝 빛나는 우리 사이의 잡음들 같은 걸 굳이 눈으로 확인하지 않으면서 살아가렴. 부디 처음처럼 먼 옛날 밤하늘의 별들을 생각해줘.

아무것도 못하는 일

너무 좋은 사람을 만나면, 나는
세찬 소나기를 온몸으로 맞는 것처럼 아팠다.
하루에 한 시간 정도만 생각하고 싶은데
그렇게 마음먹어도 잘 안 되고
그리워지고 애틋해지고.
빨리 녹으라고 얼음잔을 휘휘 젓는 일처럼,
좋아하는 사람에게 녹아드는 속도를
하나도 조절하지 못하고.
두 손에 담아 떠올리는 맑은 물들이
손가락 사이로 빠져나가는 것처럼
붙잡아두지 못해서 속상하고.

어른이 된다는 것

취업을 준비하면서 나는 내가 어른답지 못하다는 생각을 많이 했다. 면접을 볼 때면, 말끔히 차려입은 사람들 사이에서 매번 정장이 어색한 내 모습을 보면서 작아지고는 했다. 여러 번 탈락의 고배를 마시면서, 내가 진짜 어른이 아니어서 그런 건 아닐까 자책도 했다.

한번은 어른이 된다는 것은 무엇일까 진지하게 고민해본 적이 있다. 그건 아마도 거절을 당당하게 받아들이는 법을 배우는 것이 아닐까. 생각해보면 지금까지의 나는 거절을 당해본 적이 많지 않았다. 학창 시절의 인간관계는 나도 모르는 사이에 자연스럽게 흘러갔고, 똑똑한 편은 아니었지만 다행히 대학 입시는 몇몇 선택지가 있었다. 오랜 시간이 흐른 일이라 좋은 기억들만 남은 건지 모르겠으나, 막연한 불안감들은 변함없이 가득했던 것에 반해 거절로 인한

좌절은 적었다. 다만 좋아하는 사람에게 준 마음이 튕겨 나왔을 때의 슬픔은 내가 감당할 수 없을 정도의 일이라, 그저 속수무책이었을 뿐.

그런데 회사로부터의 거절은 뭔가 느낌이 달랐다. 계속 맞서 싸워야 한다는 부담감이 계속 느껴졌다. '귀하의 자질은 우수하오나, 한정된 인원을 선발함으로 인해……'로 시작하는 문장들은 하나같이 친절했지만, 그 친절함이 오히려 마음을 먹먹하게 했다. '네가 아니어도 괜찮다, 너보다 나은 사람이 많다'는 말을 에둘러 표현하는 것만 같아서. 이 말 앞에서 소심해지지 않는 사람이 어디 있을까.

하지만 어른이 된다는 것은 '네가 아니어도 괜찮다'는 말을 듣는 만큼, 나 스스로는 '내가 아니면 안 된다'고 확신을 갖는 것이 아닐까.

그래서 나보고 어른이 되었냐고 묻는다면, 사실 대답하기 망설여진다. 분명한 어른이라고 할 수는 없지만 그 중간쯤에 있을 것이다. 그리고 이 과정을 소중히 여겨서 나는 믿음직스러운 어른이 되고 싶다. 거절의 슬픔을 담담히 받아들일 수 있는 어른이 되면, 아껴둔 고백도 할 수 있겠지. 약해빠진 이 마음도 길가에 심어 멋진 어른의 상록수를 나는 피우겠지.

익숙한 미지의 세계

익숙한 것들은 무뎌지고,

언제나 새로운 것들은 멋있어 보여.

지금의 나를 있게 한 노력들은

누구나 할 수 있는 평범한 일들만 같고

동경하는 사람들이 걸어온 길은

내가 손을 뻗어도 닿을 수 없는 미지의 세계야.

하지만 너도 그 익숙함을 곱씹어보겠니.

지각하지 않기 위해 맞춰놓은 알람.

쉬는 날에 읽는 한 권의 살가운 책.

마음만 먹으면 우리를 해칠 수 있는 것들이 많은 삶 속에서, 네가 지키고 있는 건강한 익숙함을 꼭 찾아야 해.

그런 노력들이

어떻게 아무것도 아닐 수가 있겠니.

착한 외로움

여행은 시간과 돈을 써서 그리움을 사는 일이다. 혼자일 때는 덤으로 외로움도 준다. 이건 나쁜 외로움이 아니라 착한 외로움. 살면서 꼭 필요한 순간이 온다. 그러니 평생 같이 갈래. 착한 외로움이 가득했던 때.

마지막 손님입니다

밤 11시 51분. 주문을 하면서 이 카페는 몇시까지 하냐고 물어봤을 때 12시라고 대답했다. 내가 만약 주인이라면, 몇시까지 영업하냐는 질문이 제일 싫을 것 같다. 누군가 그때까지 꽉꽉 채워서 있겠다는 마음. 그 마음이 조금 부담스러울지도 모르겠다.

카페의 마지막 손님으로 있을 때면 늘 마음이 조급해졌다. 언제 문을 닫는지 시간을 알아놓아도 마찬가지. 나만 일어나버리면 모두가 해피엔딩일 텐데, 괜히 나 때문에 수십 개 전구들이 불빛을 내고 있는 건 아닐까. 눈치를 보다가 서둘러 짐을 싸서 나오곤 했다. 나와서 자전거의 자물쇠를 푸는 사이, 방금까지 내가 앉아 있던 곳의 불이 껌껌하게 꺼지면 미안하면서도 서운했다.

아닌 걸 알면서도 꾸역꾸역 붙잡아두었던 사람들이 생각났다. 이미 떠난 마음을 쫓아가지 못하게, 밤 12시가 다

되도록 내가 보내주지 않았던 사람들. 그냥 얼굴로만 웃어 주던 사람들. 사람이 아닌 시간만을 붙잡아두고 싶었던 내 불안함들. 그게 여전히 생생했고 그래서 더 서운했다.

좋아하거나
싫어했으면 했는데

점심 메뉴 하나도 마음대로 고르지 못할 때처럼
나에게 무언가를 선택하는 일은 항상 숙제였다.
누군가의 마음에 들고 싶어서
매일을 노력하고 또 노력하는 일조차도 그랬다.

이제야 안다.
내 목소리를 지워가는 노력만으로는
누군가의 마음에 들 수 없다는 것을.

떠나가며 누군가 말했다.
나는 너를 좋아하거나 싫어하고 싶었는데
너의 어떤 부분을 좋아하거나 싫어해야 할지 몰라서,
그게 참 어려웠노라고.
미안한 말이지만, 헤어지는 이 순간에도 모르겠다고.

좋았던 사람으로 기억해야 할지

싫었던 사람으로 기억해야 할지

아니면 기억하는 것조차 힘든 일이 돼버려 먼지처럼 사라질지.

한때는 사랑했던 사람이었다

어쩌면 내가 선택한 것에 확신을 갖기 위해, 잘한 결정이었다고 스스로에 납득시키기 위해 떠나보낸 사람들을 더 나쁘게 왜곡해서 기억하고 있는지도 모른다. 그냥 그런 생각이 들었다. 근데 그게 잘 안 된다. 나쁜 사람인데 나쁘게 기억하는 게 안 된다. 한때는 사랑했던 사람이었다. 한때를 여전히 겪고 있다. 한때는 사랑했던 사람이었다.

#옥상 같은 사원이 되겠습니다

〈미생〉을 보면서 사람들은 왜 자꾸 옥상에 올라가는 걸까 생각했다. 상사에게 혼났을 때나 열심히 준비한 일들이 와장창 무너졌을 때, 드라마 속 주인공들은 꼭 말끔하게 차려입은 와이셔츠의 단추를 한두 개 풀어헤치고 옥상으로 올라갔다. 그럼 나도 따라 올라갔다. 그들과 함께 캔커피를 마시며 구름과 멀지 않은 곳에서 시원한 바람을 맞았다. 난간 너머로 장난감 같은 자동차들과 개미만큼 짤막한 사람들을 내려다보며 행복해했던 건 그 시절, 높은 빌딩에 대한 나의 동경 때문이었을 거다.

취업 준비생이던 때, 내가 자주 가던 높은 빌딩의 옥상 문은 잠겨 있었다. 막연히 옥상을 좋아한다는 이유를 경비원 분들에게 설명할 자신감도, 그렇다고 몰래 올라가볼 용기도 없었다. 그때 마침 내가 발견한 곳이 서울도서관이었다. 서가에 앉아서 책을 읽다가 내일이 무서워질 때마다 옥상에 올라갔다. 10층도 채 되지 않는 건물이었지만, 여름이 막 시작되려는 6월의 바람은 충분히 선선했고 난간 아래 있는 사람들의 이야기 소리가 들리지 않을 정도로 난 높은 곳에 있었다.

그때 알았다. 아, 여기가 옥상이구나. 빌딩, 자동차, 사람, 좋아하지만 아득한 것. 지겹지만 그리운 것들이 발밑에 펼쳐지는 곳. 꿈을 펼칠 수도 접을 수도 있는 곳. 여기는 옥상이다. 그 탁 트인 풍경이 하도 예뻐서 "옥상 같은 사원이 되겠습니다!"라고 자기소개서에 적었다. 다른 많은 이야기들처럼, 내가 절대로 하지 못할 것 같은 이야기를 자기소개서에 적고 내게도 용기가 있구나 싶었다.

나는 지금도 여전히 옥상에 올라가는 게 좋다. 멀리서,

아주 멀리서 사람들의 느릿한 움직임을 내려다보는 걸 좋아한다. 들리지 않는 그들의 말소리를 상상하고, 그 옆에 나를 세워놓는 일을 좋아한다. 그렇게 멀리서 조그맣게 변한 나의 발걸음을 세어보는 일을 여전히 좋아하고 좋아한다.

귤을 먹으며

인터넷으로 귤을 샀다. 한번 귤을 까면 손끝이 노래질 때까지 멈추지 못하는 법이라, 이왕 사는 거 여러 상자를 샀다. 사는 김에 할머니한테도 한 상자를 보냈다. 예전에 할머니랑 같이 살 때, 할머니는 내가 인터넷으로 음식을 사는 걸 굉장히 못마땅해했다. 그래도 사람이 먹는 건 시장이나 마트에 가서 직접 눈으로 보고 사야 한다는 할머니만의 고집이 있었다.

택배가 도착한 날, 퇴근해서 가방도 내려놓지 않고 귤 상자를 먼저 풀었다. 상자에서 귤을 한 개 꺼내 먹고서는 저절로 탄식이 새어나왔다. "아, 이번에 잘못 샀다." 괜히 화가 났다. 인터넷에서 본 화려한 말속임에 당한 기분. 사실 나는 음식이 맛이 있든 없든 불평불만 없이 잘 먹는 사람인데, 화가 났던 이유는 아마 할머니 때문이었을 거다. 다음에 집에 가면 또 한소리를 듣겠지. 고맙다는 인사 뒤로 "그러게

인터넷에서 먹을 거 사지 말라니까"라는 말이 따라붙겠지.

그런데 내 생각이 틀렸다. 하루 있다가 한 개를 꺼내 먹었는데 많이 달았다. 한 개를 더 꺼내 먹고서는 '아, 잘 샀다'고 생각했다. 손끝이 노래질 때까지, 계속 귤을 까먹었다.

조금은 부끄러워지기도 했다. '잘못 샀다'는 말은 조금 천천히 해도 좋았을걸. 아무도 듣지 못하게 속으로만 했으면 좋았을걸 하고. 생각해보면 아무래도 나는 할머니를 많이 닮은 것 같다. 인터넷으로 사는 음식들은 형편없을 거라고 여기는 할머니를 고리타분하다고 여기지만, 고작 귤 하나를 까먹고서는 상자 안의 모든 주황빛들을 의심했던 내가 더 그렇고 그럴 것이라는 반성.

내 선입견 때문에, '아, 잘못 샀다'는 말을 들은 주황빛 귤들이 느꼈을 기분. 그와 마찬가지의 기분을 느꼈을 사람들이 떠올랐다.

넌 언제나 최고의 데시벨이야.
오늘 만난 너는
내 하루 중에 꼭 마음에 드는
주파수 같아.
보고싶다. 듣고싶다.

적당히 강한 사람

어느 사이 나도 적당히 강한 사람이 된 것을 느끼고 만다. 내가 할 수 있는 게 별로 없어서 그냥 울어버리는 것도 참 싫은 일이지만. 적당히 참을 줄 아는 사람이 된다 해도 그것이 마냥 좋은 일인지는 모르겠다.

오늘 버스 정류장에서 교복을 입은 여자아이를 봤다. 엄마한테 학교에서 있었던 일들을 말하며 울고 있었다. 마치 누가 휴대폰 잠금해제 버튼을 누른 듯이 무방비 상태로 열리는 마음. 쏟아내는 말들.

나도 그래야 하는 것이다. 타인에게 무작정 쏟아내야 한다는 말이 아니라, 제대로 울어야 한다는 말. 제대로 울지 못하고 적당히 강한 사람이 되었으니까 나는 지금 아무것도 못하고 있는 게 아닐까. 요즘엔 말이다. 슬픔도 슬픔까지 가기 전에 알아서 잦아든다. 제대로 슬픔이 되지 못한 슬픔들이 들어차 마음에 쌓이다보면 나는 나한테 많이 잘못하고 있는 것 같은 생각이 든다.

지난밤에는 술에 취해 들어와서는 소리지르며 펑펑 울었다고 했다. 한 시간 간격으로 내 방문을 열어보는 할머니를 보니 아무래도 내가 조금 비겁한 사람인 것 같아서 속상했다. 성인이 된 이후에는 울지 않으려고 애를 많이 썼다. 내 인생에서 '너무'라는 일을 지우려고 노력했다.

너무 슬프거나, 너무 힘들거나, 너무 답답하거나, 가끔은 너무 행복한 순간들에도 눈물이 조금씩 나가지고. 자꾸 울다보면, 그건 잘못 사는 인생인 것만 같아, 그랬었다.

그렇다 해도 사실 나는 다시 '너무'라는 말을 찾아오고 싶다. 숨어서 우는 사람은 되고 싶지 않기 때문이다. 감정의 줄타기에서 벗어나, 정말 노력하고 정말 애쓰고 정말 기대하고 정말 좋아하는 일들을 반복하고 싶은 마음이 든다.

그러다 너무 울고 싶은 날이 오면, 너무 울어버리고 싶다.

화재

몇 년 전 늦은 봄, 집 근처에서 커다란 화재가 있었다. 한 의류회사의 물류창고에서 불이 난 것이다. 그 이후로 버스를 타고 서울에 나갈 때면 늘 불에 타버린 커다란 창고를 봤다. 늦은 봄에 발생한 사고였는데, 한참 동안 계속, 여름이 지나고 가을이 지나도록 뼈대가 드러난 채 아프게 타 있었다. 물론 애쓰고 있겠지. 그래도 좀 빨리 감싸주지. 연기만이 사라졌을 뿐, 연기가 사라진 곳에 아픈 기억들은 여전히 존재한다는 게 속상해서.

너도 나한테 그래. 사정이 있겠지. 바쁜 거 알지만 그래도 좀 들여다봐주지. 철골의 그을음을 볼 때마다 작아지지 않도록 내 이름 한 번만 불러주지.

최선을 다해
이별하는
사람

제목 짓기

시집을 샀다.

제목만 보고 사는 사람이다, 나는.

책을 표지만 보고 사는 사람이다, 나는.

그래서 늘 불안하다.

내 첫 장을 보고 다가오는 사람들에게 미안한 것이다.

나도 다가가고 싶지만

두번째 페이지를 넘겨볼까봐 두렵다.

그러면서도 누구보다 정성을 다해

제목을 짓고 있다.

누군가를 좋아하는 마음은

늘 그런 식이다.

기다림

누군가를 기다리는 일이 가끔은 나를 조금 더 괜찮은 사람으로 만들어준다. 선물을 받고 기뻐하는 사람을 볼 때 뿌듯한 것처럼. 엄마한테 용돈을 줄 때 내 마음이 당당해지는 것처럼. 너를 기다리는 일은 너를 더 괜찮은 사람으로 만들어주기도 한다.

기다려본 사람은 안다. 너가 걸어오는 방향만 하염없이 쳐다보고 있을 때, 너와 비슷한 무언가라도 나타나면 마음 설레는 것을.

기다린다는 것은 기대하는 일이 되고, 기대하는 동안 너를 좀더 그리워하게 된다. 그리운 사람이 되고, 보고 싶은 사람이 되어 내 앞에 나타났는데, 내가 너를 어떻게 좋아하지 않을 수가 있겠어.

보고 싶은 마음을 가장 빨리 없애는 방법

취업을 준비하면서 마음이 불안으로 가득찼던 이유 중 하나에 첫사랑이 있다. 열 번의 고백 끝에 마음에 담아두기로 한 사람. 다시 연락을 하고 싶은데 도저히 할 명분이 없어, 얼른 돈을 버는 어른이 되고 싶었다. 그때는 떳떳함의 기준이 돈을 버는 어른이 되는 거였다. 더 나은 사람이 된다면 어떤 식으로든 연락할 수 있지 않을까 생각을 했다.

나 같은 사람은 실연을 하게 되면 그 화살을 스스로에게 돌린다. 내 탓이 아니라고 누군가 열 번 백 번 말해준다고 해도 들을 생각이 없는 것이다. 내가 더 나은 사람이 되어야지, 그래서 어울리는 사람이 되어야지, 라고 생각하면서 하루하루를 보낼 뿐이다.

천천히, 아주 천천히 알게 되는 것이 있다. 내가 가지고 있지 않았던 것들 때문에 우리가 헤어진 게 아니었음을.

장롱의 문을 여는 사람

나는 장롱 속에 오래 넣어둔 이불 같다.

나름 정갈하고 포근하고 따뜻하지만,

왠지 모르게 자꾸 퀴퀴한 마음이 들어 뒤로 숨게 된다.

그런 나에게 너는 장롱의 문을 여는 사람.

오늘 하루 햇빛에 바싹 마른 나는

두 팔로 가슴으로 너를 안아주고 싶다.

잘 살고 싶어하는 사람

솔직히 나도, 잘 살고 싶어하는 사람이라서
많이 노력했거든요.
한 번에 깊게 빠지지 말아야지.
인사는 천천히 해야지.
뿌리째 흔들리지 않게 건강한 마음을 심은 다음
흙을 덮어 두드려야지.

그런데 여전히 잘 안 돼요. 그리고 꼭 이런 반복 끝에는 그 화살을 자기한테 가져가요. 그러지 말아야지, 그 마음을 먹는 것도 잘 안 돼요.

저기요. 잘됐어요? 거기는 끝났어요?
깜깜하게 잘 방전됐어요?

배부를 때 먹는 밥 같아서

내 마음이 너에게는
꼭 배부를 때 먹는 밥 같아서
많이 힘들었을 수도 있었겠다.
아무리 너를 생각하며 정성스럽게 차린다고 해도
네 속에 누군가를 향한 마음이 가득차 있으면,
꿈꾸는 것들이나 눈앞의 현실들이
네 속을 가득 메우고 있으면,
더이상 들어갈 자리가 없다는 것을.
알면서도 모두 다 알면서도
그래도 한입만 더 삼켜주길 바랐다.

나는 늘 허기가 졌다.
너하고만 꼭 삼킬 수 있었는데.
무엇이든 너하고만 삼킬 수 있었는데.

기다리는 사람

어릴 때, 방학마다 우리 집에 놀러오던 친척이 있었다.
나는 그애가 너무 좋아서,
방학이 오기만을 기다린 적도 있다.
늘 자기 키만한 가방을 등뒤로 메고 왔는데
그 가방의 무게가
우리가 함께 있을 수 있는 시간을 알려주고는 했다.
안녕이라는 인사를 하고,
그애의 가방을 뺏어 메고,
채 일 분도 지나지 않아 어깨가 아파오면
오래 함께할 수 있다는 생각이 들어
바보처럼 배시시 웃고 그랬다.
나는 남자고, 몸이 큰 어른이 되어
내 몸보다 큰 그런 가방을 메도
너끈히 버티는 사람이 되어서,

좋아하는 사람들의 짐이 너무 작게 보이는 것이 아니기를.

내 눈앞에 있는 사람. 손잡고 싶은 사람.

우리 함께 있을 수 있는 시간이 길었으면 해서,

끝나지 않았으면 해서, 그래서 말이지.

커다란 가방에 꾹꾹 눌러담고 나에게로 여행을 떠나오길 바란다.

그런 사람을 마중 나가는 길.

가방을 빼어 메고.

참다 참다
엄마한테 힘들다고 말하면
엄마는 '미안해'라고 말한다.
그말과 동시에 엄마도 힘들어지기 시작한다.
사람들은 그걸 사랑이라고 부른다.
사랑하기 때문에 힘들다고
말하지 않아야 하는 것이다.
사랑하므로 힘들면 안된다.

철 지난 전구들의 마음

우리 사이가 꼭

성탄절이 지난 시절의 전구들 같지 않아?

가장 아름답던 때는 지났는데,

여전히 예쁘고, 또 뒤돌아 생각하면 여전히 눈부시고,

한 알 한 알마다 애틋해서

그 기억들을 버리지 못하겠는

일 년 정도는 충분히 기다려볼 수 있지 않을까, 싶은.

1월이 되어도 여전히 12월의 잔상이 남는

그런 철 지난 전구들같이 말이야.

엄마의 리듬

사실 어릴 적부터 알고 있었다.

많이 커버린 나를 등에 업고 아빠를 마중 나갈 때

엄마도 힘에 부쳐 긴 걸음을 못 내딛고

다섯 걸음에 한 번씩 나를 둘러업던 것을.

그 리듬을 자장가 삼아 잠이 들었다.

삼류소설처럼 당신이 내 삶에 있어도 되고 없어도 되는 것이었으면

첫사랑은 나를 장엇집에 데려갔다. 우리는 연인이 되지 않았고 몇 번 잠을 잤으며 그저 내가 많이 좋아했다. 늘 내가 보고 싶어했지, 당신은 아니었다. 그걸 어떻게 확신해? 네가 어떻게 알아? 라고 물어보면 대답 대신, 그냥 마음이 더 아파지는 사람. 그렇게 그래서 첫사랑이었다.

원래 자기 얘기를 하고 싶지 않아하는 사람인데, 오랜만에 봐서 그런지 꼭 하고 싶은 이야기가 있는 것만 같았다. 그래서 질문을 쏟아냈다.

그러지 말걸. 들려달라고 하지 말걸. 당신이 헤어진 이야기. 이유 없이 좋았다는 그 사람이 궁금해져서 후회했고, 내가 그런 사람이 되지 못했었구나 생각이 들어 후회했고, 그런 말을 하면서 당신이 짓는 표정을 보니 내 마음이 아팠다는 게 후회의 세번째 이유가 되었다.

당신과 그 사람은 함께 휴가를 다녀왔대. 최악의 휴가였다고 말했지만 아마 최악이 아니었을 거야. 그치, 당신한텐 아니었을 거야.

아마 나는 당신과 휴가를 갈 수 없겠지. 난 당신에게 단 며칠의 시간도 가져올 수 없는 사람일 테니깐.

첫사랑이 장어를 사줬다, 라는 표현은 어쩐지 진부한 소설 같은 시작이지만, 삼류소설처럼 당신이 그렇게 내 삶에 있어도 되고 없어도 되는 것들이었으면.

따뜻한 온도의 색

취업 준비를 한다는 핑계로 도서관을 드나들 때였다. 사실 집에는 도서관에 간다 말하고 카페에 가서 온종일 휴대폰을 만지거나 잡지를 읽은 적도 많다. 영어단어를 외우다가 자꾸 까먹는 나에게 실망할 때면, 같이 공부했는데 나보다 월등히 높은 친구의 점수를 듣게 될 때면, 그날은 영 집중이 되지 않았다. 차라리 상식을 넓히는 게 낫지 않을까 하며 딴짓의 자기합리화를 하고는 했다.

아침에 집에서 나갈 준비를 하고 있으면, 언제나 할머니가 사과 하나를 비닐봉지에 담아주셨다. 이 상하지 말라고 칼집을 넣어서. 그러면 살짝만 깨물어도 사과는 쉽게 조각이 날 것이다.

가방 속에 넣어뒀던 사과를 한참 잊고 있다가 꺼내면, 사과에 난 칼집 사이로 갈색의 빛이 비쳤다. 그건 아마 따뜻한 온도의 색. 파스슥거리는 비닐봉지에 담긴 색. 남들이

볼까봐 카페에서는 차마 봉지를 꺼내지 못한 부끄러움의 색. 매일 아침 애틋한 눈빛으로 어루만지고 싶은 한 사람의 온도. 그 진한 온도의 색.

평생을 갈 무너짐은 아니에요

슬픈 영화를 보고 나는 가장 많이 울었지만,

가장 많이 울었을 뿐이었다.

마음에 담을 눈물은 아니었다.

사람을 만나고 마음이 열 번 넘게 무너졌지만,

평생을 갈 무너짐은 아니었다.

파도가 밀려오면

모래 자국만 남기고 사라질 것이 분명하지만,

평생을 갈 무너짐이 아니기에

자꾸 모래성을 짓고 있는 사람.

엉키지 않는 모래처럼

엉키지 않는 마음이 있다.

지난 계절을 개키는 일

겨울이 지난 후 봄.

봄이 지나서 여름.

이젠 여름이 지나서 가을.

그리고 가을이 가고 나면 겨울이 다시 온다.

겨울이 지나고 봄이 와서

사람들이 겨울을 정리하는 줄 알았는데

그게 아니었다.

다시 겨울이 돌아왔을 때서야

우리는 지난겨울을 정리하기 시작한다.

새로운 사람을 만났을 때

지나간 사람을 정리하는 것처럼.

#할머니의 주방

어버이날, 집에 다녀왔어요.

독립하기 전에는
우리 집도 좀
잡지에 나오는 것처럼
예뻤으면 좋겠다고
우리 할머니 스타일 좀
촌스러운 거 아니냐고 생각했는데요,
햇빛 비치는
주방을 보고 있으니
할머니가 만들어온 정갈함을
난 아마 평생 모르겠지요.
알아도 따라갈 수 없겠지요.

전화를 하지 않습니까

술을 마신 밤입니다.

집에 와 옷을 벗고 눕습니다.

매력적인 사람에게 전화가 옵니다.

지금 나오라고 합니다.

나가고 싶지만 왠지 나가면 안 될 것 같습니다.

조금은 피곤한 기분입니다.

그를 보기보다 외로운 쪽을 택했습니다.

막상 그렇게 생각하니 문득 서늘합니다.

모든 걱정을 자기에게 기대라 하는 사람도 있습니다.

그 말을 믿지는 않지만 조금은 편해집니다.

당신은 왜 전화하지 않습니까.

이 까마득한 밤에 당신은 왜 나에게 전화를 하지 않습니까.

헤어짐을 소중히 여기는 사람

누군가가 그러더라.

헤어짐을 소중히 여기는 사람을 만나야만 한대.

늘 최선을 다해 이별하는 사람.

정들었던 사람들,

정들었던 시간들,

정들었던 공간들을

가슴에 차곡차곡 쌓아놓을 줄 아는

그런 사람은

눈앞에서 사라져도 늘 생생하대.

남기고 간 온기가 오랫동안 따뜻하대.

좋았다고 말하지 않는 사람

영화를 보고 나면 꼭 그랬어.

좋았어, 라고 말하면 될 걸

넌 꼭 나쁘지 않았어, 라고 말했잖아.

그 말을 듣고 난 뒤부터

나는 내 목소리를 낮추기 시작한 것 같아.

마음을 고백할 때도.

좋아한다 말할 때도.

자신이 없었나봐.

어땠어? 우린, 어땠어?

좋았어? 아니면 나쁘지 않았어?

너에게 내가 뭘까, 라는
생각을 하고 부터
삐걱거리기 시작했다.
내 존재의 이유를
너한테서 찾기 시작한 순간부터.

그 밤에

원래 애틋한 만큼 불안한 것.

너는 나를 보면서

그 커다란 눈에 불안을 한가득 안고 있었는데,

그때는 그게 고마웠어.

그게 너무 사랑스러워서

내가 너보다 조금 더 좋아할게, 라고 말했어.

그 밤에 우리는 공원에 앉아 있었잖아.

밤하늘에는 반짝이는 게 있었어.

별일까 아닐까 실랑이를 벌이게 만든 건

아마 아득함 때문이었을 거야.

멀리서 반짝이는 모든 건 어느 정도 아득함을 품잖아.

그때 나는 몰랐었어.

내가 더 좋아할게, 같은 말이 얼마나 아득한 것인지.

조금 더 좋아하는 것,

조금 더 노력하는 것,

조금 더 그리워하는 것,

조금 더 열심히 하는 것.

조금 더, 같은 말들은 어떻게 마음에 들어와서는

사람의 온종일을 이렇게도 움켜쥐는지.

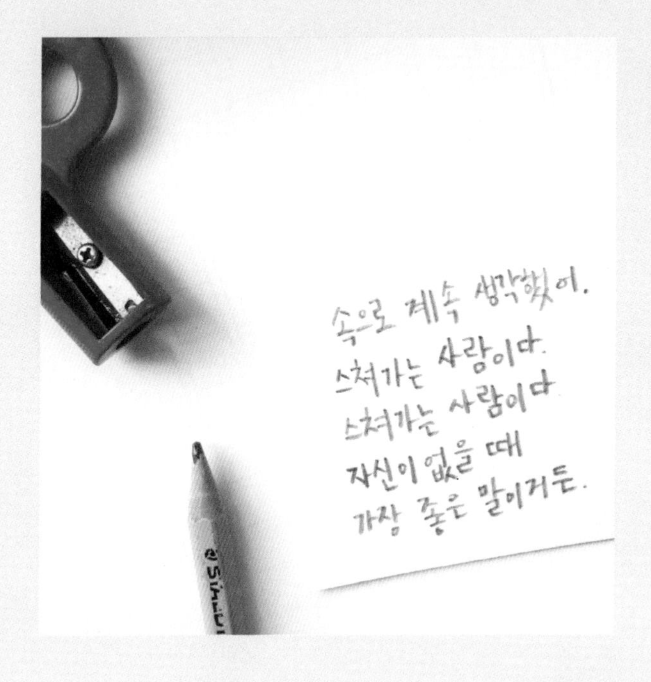
속으로 계속 생각했어.
스쳐가는 사람이다.
스쳐가는 사람이다.
자신이 없을 때
가장 좋은 말이거든.

수박빛

여름밤. 양치를 하고 있었거든요. 거품을 뱉는데 붉은빛이 돌아서 뜨끔했잖아요. 저녁에 먹은 수박 때문인지도 모르고. 수박 때문에 혀가 빨갛게 물들 줄은 몰랐거든요. 어떻게 하면 좋죠? 우리는요. 수박보다 조금 더 진하고. 수박보다는 조금 더 달았잖아요. 옅은 빛으로 헤어질 수 없으면요. 어떡하죠?

웃는 모습이 예쁜 사람

나는 웃는 모습이 예쁜 사람을 좋아했다.

앞니가 드러나는 사람.

웃는 모습이 예뻐서 좋아해, 하고 말하면

넌 서운한 표정을 지었어.

예쁘지 않은 모습도 예뻐해줬으면 좋겠다고 했어.

사실 너 서운해할 필요 없었는데.

한번 예쁜 웃음을 눈에 담으면,

나는 거기서 빠져나올 수 없는 사람이라

너 힘껏 슬픈 말 남기고 떠났어도

여전히 좋아하고 있어.

자꾸 생각해.

웃는 모습이 예쁜 사람.

갓길에서 기다리다

있잖아.

밤에 양화대교를 걷잖아, 내가.

오늘 회사에서 힘든 일이 있었거든.

속상한 날이면 난

이 마음을 고스란히 들고서 버스에 탈 수가 없어서

조금 걷기로 해.

커다란 다리를 걸어서 건너본 적이 있어?

상쾌하면서도 조금 외로운 기분.

신호등이 없는 횡단보도에 서서

자동차가 멈춰주기를 하염없이 기다려.

무턱대고 걷기에 그 다리의 갓길은 무척 위험하거든.

오늘은 다섯 대의 자동차가 지나간 후에

여섯번째 자동차가 천천히 멈춰 섰어.

지난번에는 삼십 대가 넘는 차를
가만히 서서 보내야 했는데.
고마워서, 길을 건너며 꾸벅 인사했어.

너 말이야, 지금 갓길에서 기다리고 있어?
저번에 우리 싸웠을 때 꼭 열 밤을 꾹 참고서
내가 너에게 연락했잖아.
그때처럼 말이야.
두 손 꽉 쥐고 내 연락 기다리고 있어?
횡단보도 앞에서 천천히 멈춘 채
지나가세요, 눈짓 보내는 차창 안의 선한 미소처럼
언 마음 녹일 무언가를 기다리고 있어?
한 대 두 대, 자동차가 지나가는 그 길 위에서.

별이라도 달이라도 해라도

먹고사는 것에 대한 고민으로 가득차게 된 우리들을 보며, 나보다 먼저 어른이 된 친구들을 보면서, 난 너에게 말 거는 걸 잠깐 동안 망설였어. 우리 이번 여름에도 바다 보러 갈래? 예전처럼 철없이. 오늘은 무얼 하며 시간을 때울까 고민하던 것이 전부이던 시절처럼.

이렇게 말하는 순간 내가 너의 노력에 어울리지 못하는 사람이 될 것만 같아서 한동안 조용히 있었다. 정장을 입게 되거나, 마시기 싫은 술을 마시거나, 하기 싫은 공부를 꾸역꾸역 해나가는 친구들 옆에서, 그동안처럼 바다를 보러 가자고 하는 일이 괜히 미안하게 느껴졌다. 두려웠을 것이다. 한 명이 안 된다고 하기 시작하면, 그때부턴 안 되는 이유들이 우수수 쏟아져나온다는 걸 나도 이제 막 배우고 있는 중이라서. 그게 두려웠을 것이다.

중학생이 되었을 때 아무도 얼음땡을 하지 않는다는 사실이 참 속상했었다. 교복만 입었을 뿐인데 더이상 유년의 모습을 간직해서는 안 된다고 누군가 타이르는 것처럼 느껴졌던 시절. 이십대 초반의 나이를 지나서 술자리에서 게임을 하는 건 유치한 일이라고 바라보는 당연한 눈빛. 물론 나 역시 그런 것들로부터 자유롭지 못했었다. 즐거웠던 지난 기억에 머무르고만 싶은 나는, 늘 언제나 몇 발짝 앞서 걷는 친구들에게 어울리는 사람이 되지 못하면 어쩌지 하는 두려움이 컸었다.

그런데 곰곰이 생각해보니까 아무래도 우리들은 말이지. 누군가가 먼저 말 걸어주기를 기다리고 있었던 게 아닐까 싶기도 해. 친구들도 나와 같이 떠나고 싶었을 거라는 생각. 단순히 이미 지나온 시절이기 때문에 그리운 것도 인정. 하지만 그것만은 아닐 것이다. 그때가 늘 그립다. 그 시절의 우리여서 가능했던 일들이 모두. 그러니까 우리 별이라도 보러 가는 게 어떨까. 달이라도 해라도, 더 늦기 전에 보러 가는 게 어떻겠냐고.

상태의 차이

우리는 얼음과 물 같았대. 닮은 구석이 많아서 좋았지만 분명 다른 상태로 존재하는. 그것마저도 영원한 게 아니라서 함께 있는 순간이 그만큼 애틋하게 느껴졌었나봐. 얼음이 물을 닮아가거나 물이 얼음을 닮아가는 건, 내가 나를 잃어가거나 네가 너를 잃어가는 거니까 더이상 우리를 우리라고 부를 수 없는 사이가 되는 거잖아.

이제, 나 말이야. 잔을 마주하고 있으면 뭐든지 너무 빨리 마셔버려. 네가 보고 싶어서 얼음이 녹기 전에 뭐든 다 마셔버리게 돼.

구명튜브

나 지난주에 수영 시작했어.

수영장 등록했어.

지난번 바다에 놀러갔을 때 튜브 없이는 한 발자국도 못 움직였잖아.

구명튜브였어. 살 수 있게 해주는.

사랑했던 사람도 그렇게 생각했던 것 같아.

구명튜브처럼 나를 살릴 수 있는 전부라고.

소중한 건 맞지만 전부여서는 안 되는데.

거기에만 의지하면 안 되는 거였는데.

마음 굳게 먹고, 바늘로 튜브를 찔렀어.

잘 살고 싶어서 나 수영 시작했어.

수영장 등록했어.

이제 나 물에 잘 떠.

앞니

네 일기장을 훔쳐보다가 베껴 적은 시를 하나 봤어.
아, 나도 이 시를 좋아했는데.

아, 나도 그 장면을 제일 좋아했는데,
나도 그 구절을 노트에 적어놨는데, 라고 말할 때.

그 순간 많이 행복했어.
그러면 우리는 '영원'을 꿈꾸게 되는 것 같아.

내가 물었어.
너는 네 얼굴에서 어디가 제일 좋아? 하고 물었을 때,
난 앞니.

아, 나도 그 앞니를 가장 좋아했는데.

J에게

가까운 해외로 여행을 갔다는 얘기를 들었어.

우리 집보다는 너네 집이 부자라고

내가 너를 늘 부러워했었잖아.

하지만 너도 비행기를 타본 적은 몇 번 없다고 했어.

당장 여행 가방부터 네 돈으로 사야 한다고 투덜댔었는데.

있지, 우리는 늘 조금 더 나은 삶을 살고 싶다고 했잖아.

열심히 공부해서 좋은 대학에 들어가고,

좋은 회사에 들어간 너를 사랑하면서 존경했어.

그런 모습이 바른 삶의 정답은 아니지만,

너는 바른 삶을 살잖아.

세상과의 접촉을 넓혀가면서 넌 또 얼마나 멋있어질까.

여행 잘 다녀와.

그리고 오랜만에 얼굴 보구 밥 먹어.

한강

꼭 내 옆으로 와서 앉아.

너의 웃는 모습

내가 너의 웃는 모습을 좋아했잖아.

그 모습에 반해버렸잖아.

하지만 이제는 웃는 모습을 보면

이건 누가 찍어준 걸까

어떤 사람이 너를 이렇게 웃게 할 수 있을까

삐딱하고 형편없는 생각만이 들어서 부끄러웠어.

많이 웃기를 바란다면서도.

조금 천천히 걷기

내가 너를 좋아하는지 알고 싶으면

조금만 천천히 걸으면 돼.

너에게 맞춰 걷는 것이 지겹게 느껴지지 않으면,

앞서 가고 싶은 마음에 안달내지 않으면,

"그래, 내가 너를 좋아한다."

걷기 좋은 계절이야.

지금이 딱.

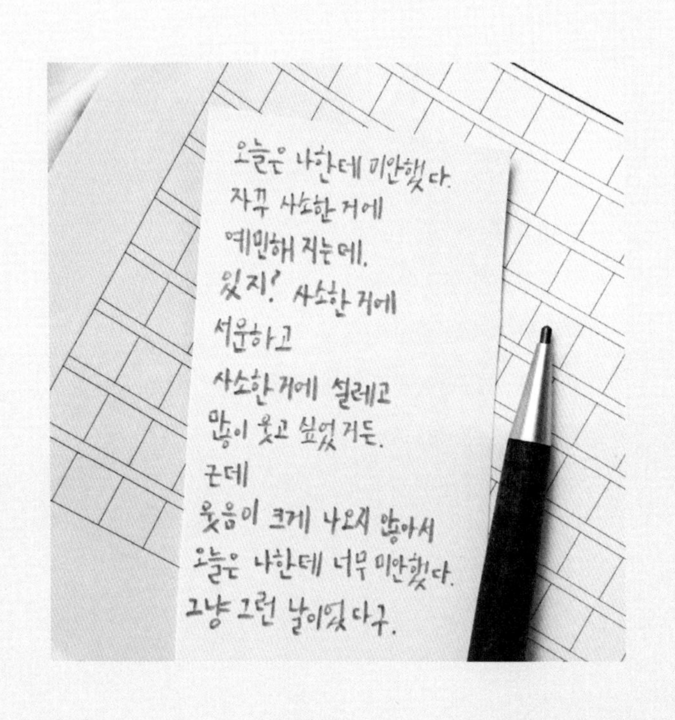
오늘은 나한테 미안했다.
자꾸 사소한 거에
예민해 지는데,
있지! 사소한 거에
서운하고
사소한 거에 설레고
많이 웃고 싶었거든.
근데
웃음이 크게 나오지 않아서
오늘은 나한테 너무 미안했다.
그냥 그런 날이었다구.

손만 잡고 잘게

손만 잡고 잘게,

그 말을 내뱉을 때는 진심이다.

잠든 사람의 표정은 많이 연약하니까

그 얼굴을 보여주는 것도

보게 되는 것도 소중한 일이었다.

그러니까 내가 할 수 있는 가장 진심을 담은 말.

쑥스럽지만 당당한 말.

니 생각을 하면 떠도는 말은,

내 옆에 와서 졸았으면 좋겠어.

당연해서 묻는 일

가끔은 당연한 것도 좀

물어봐주고 그래.

우리 사이에 당연한 일들도

얘기해주고 그래.

— 좋아하니?

— 응, 그래.

그런 말, 소리로 들으면

그게 행복인 것 같잖아.

Hansens

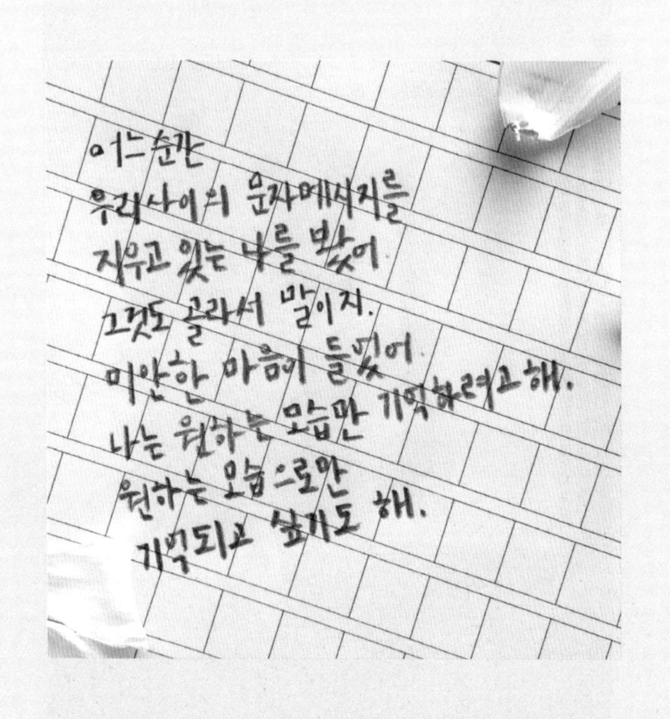
어느 순간
우리 사이의 문자메시지를
지우고 있는 나를 봤어
그것도 골라서 말이지.
미안한 마음이 들었어
나는 원하는 모습만 기억하려고 해.
원하는 모습으로만
기억되고 싶기도 해.

책갈피

읽었던 부분인지 아닌지 잘 모르겠을 때. 어렴풋함만 남아서 확신이 없을 때. 책갈피가 남은 시간의 방향들을 정해주잖아. 기억 조각이 잘 맞춰지지 않아서, 자꾸만 앞 페이지를 넘겨보며 답답해할 때, 책갈피를 보며 그래도 나 이만큼이나 읽었네, 그런 생각이 드는 게 위로가 됐어.

그런데, 오늘 말이야. 뛰다가 그만 넘어져버렸어. 한 손에 든 '네 이름이 적힌' 책도 놓쳐버렸어. 내 마음이 있는 페이지에 책갈피를 꽂아뒀었는데, 다 날아가버렸어. 아직 읽지 않은 미래는 알 수 없지만, 그래도 책갈피 이전의 과거는 분명히 존재했다고, 그렇게 생각하고 있었거든. 그게 버티는 힘이었어. 그렇게 믿을 수 있었던 책갈피 말이야. 나 너에게 밀린 일기 같은 사람은 아니었다고 믿을 수 있는 책갈피 말이야.

미안하다는 말을 놓쳐버린 순간들

버스가 갑자기 멈췄어. 덜컹.

사람들이 다 흔들렸다.

투덜투덜 사람들이 모두 한마디씩 내뱉을 때,

운전사 아저씨는 눈치를 봤어.

나도 그럴 때 많거든.

미안하다는 말을 놓쳐버린 순간들.

아저씨도 놀라서 미안하단 말을 놓친 거야.

난 다 아니까,

속으로 혼자 '괜찮아요'라고 했어.

난 다 알아. 너도 놓친 거지?

미안하다는 말도 좋아한다는 말도.

우리 사이에 시집

나는 시집을 읽었어. 너와 함께 있을 때면.

우린 마주앉았는데 나는 시집을 꼭 손에 들고 읽었잖아.

시집에 가려서 마주앉은 얼굴이 보이지 않으면

나는 그게 정말 무서웠었는데,

변함없이 너는 내 앞에 있었잖아.

요즘도 가끔 나는 시집을 손에 들고 읽어.

얼굴이 보이지 않을 때면.

그래서 불안할 때면.

외로운 마음이 들면.

그럴 때는 사람이 떠나도 살 수는 있을 것 같아.

우리 사이에 놓였던 게 시집이라고 믿으면 말이야.

시 같은 이야기들을 함께 겪었다고 믿으면서 말이야.

책임감 있게
책을 읽는 사람과
재미없는 책

왜 사람을

책 읽듯이 만나.

난 네가 책임감 있게 책을 읽는 거 싫어.

재미없는 책인 거지?

그래도 한번 펼치면 마무리는 또 짓고 싶어서

지금 꾸역꾸역 넘기고 있지?

순간들의 최선

친구들과 대만을 여행하면서 마지막 밤 단수이에 들렀다. 유명하다는 노을에 마음을 빼앗겼지만, 정말로 내가 멈춰 서게 된 건 강가에서 버스킹을 하는 한 청년의 노랫소리를 들었을 때였다. 이국적인 풍경, 멜로디, 바람. 완벽한 삼박자. 그 가운데에 서 있을 수 있는 건 행복.

그애를 처음 만났을 때 느낌이 이랬다. 여행 마지막 밤처럼 아쉬운. 언젠가는 다시 만날 수 있어, 당장 내일이라도 다시 만날 수 있다고 생각해도 아쉬운. 외딴 여행지에서 듣는 더 외딴 노래 같은. 가사를 하나도 모르겠는. 아무것도 모르는. 모르지만 좋아할 수 있는.

섣부른 고백은 나도 싫지만, 어떨 때는 시간이 기다려주지 않는 고백을 하게 될 때가 있다. 그러면 아무것도 모르면서 좋아한다고 그애는 핀잔을 줬다. 나도 조금은 멋쩍어서, 자꾸 커지는 내 마음의 속도를 나도 따라잡지 못하는 게 부끄러워서, 진짜로 하고 싶은 말을 속으로 삼켰다.

"아무것도 모르고 좋아할 수 있으면 모든 걸 알았을 때도 좋아할 수 있을 거야. 모든 걸 알고서 좋아할 수 있으면 아무것도 몰랐을 때도 좋아할 수 있을 거야. 하지만 너에겐 설명이 필요할지도 몰라. 내가 너를 금세 좋아하기만 하고서, 왜 좋은지 한 번도 말해주지 않으면, 좋아하는 이유도 말하지 않고 너무나 빠른 속도로 좋아해버리면, 놀랄 수도 있겠다는 생각이 들더라. 내가 너를 좋아했던 이유는 말이야. 겉보기에 말괄량이고 걱정거리 하나 없는 사람일 줄 알았는데, 성실하게 살고 있는 하루를 보았을 때 참 멋있어 보였어. 어떤 책임의 무게를 짊어진 어른처럼 보였어. 그리고 틈틈이 보이는 모습, 손가락 사이의 햇살처럼 삐져나오는 따뜻함에서 넌 행복한 가정에서 사랑을 많이 받고 자랐구나 느껴져서 좋았어. 좋은 어른들 밑에서 좋은 모습으로 자랐다고 느꼈거든. 네 앞에서는 나도 우리 가족을 좋아하고 싶은 마음이 들더라고."

우리는 분위기에 취한다. 그때의 감정들이 인생의 전부는 아니지만, 그래도 분위기에 취하는 것은 언제나 최선이라는 생각이 든다. 그건 진심들의 최선. 내 인생이 만들어지는 순간들의 최선.

자막으로 읽어야 하는 마음

우리 말이야.

가끔은 자막으로 읽어야 하는 마음들을 품고 살겠지?

안개처럼 뿌연, 좋아하는 마음들이나

쓸데없이 불안한 의심의 깊이 같은 거.

내가 바보처럼 우물쭈물하는 사이

시끄러운 잡음 속으로 섞여 들어간

내 고백들에 한번 더 기회가 생긴다면

함께 자막을 읽어야만 해.

내가 그때 못 읽었던 네 마음이라든가,

네가 지금 못 읽고 있는 내 마음 같은 거.

우리가 그때그때 품고 있는 자막들 말이야.

마음의 빨강

빨간 색연필로 이름을 적는 것처럼
막상 하면 별것 아닌데
자꾸 망설이게 되는 일들.
내 마음을 전하는 일. 고백하는 일.
이건 당신을 기억하고 싶은 빨강이니
오해하지 말고 나를 봐주었으면.

안부

너는 말했어.

관계는 안부를 묻는 것에서부터 시작된다고.

그래서 내가 계속 묻고 있네.

너 잘 지내? 오늘은 어땠어?

꿈꾸는 것을 좇으며 살고 싶다고 했잖아.

내가 마냥 좋게만 바라봤던 그 마음으로

여전히 예쁘게 살고 있어?

읽고 싶지 않은 문자메시지 같은 사람 되는 건 무서워서

보고 싶다는 말만 빼고 자꾸 물었어.

잘 지내?

너, 잘 지내?

고백

오래오래 행복하지는 못했지만

너에게 어렵게 꺼낸 고백이

나는 좋다.

갖고 싶은 걸 가져본 적도 별로 없고

하고 싶은 걸 입 밖으로 꺼내본 적도

별로 없는 내가

하고 싶은 걸 했어.

그런 고백이었어.

넘어졌지만 다시 일어나게 하는

과거의 관절이었어.

좋아하는 마음

나는 믿는다.

맞은편의 속도에 맞춰가면서 커피를 마시는 시간, 다 먹지 못하고 남게 된 팝콘, 혹시나 해서 갈아신은 양말, 더 먹을 수 있는데도 남겨놓은 한 숟가락의 음식, 극장에서 봤지만 한번 더 보는 영화, 화장실 변기 위에서 나는 소리 때문에 고민하는 마음, 가지고 있어도 쓰지 않는 할인쿠폰.

이런 것들이 세상을 예쁘게 채워간다는 것을.
좋아하는 마음은
무엇보다 강하다는 걸 믿고 있어.

단단한 마음이 여기 있어요

여름. 차가운 얼음잔의 계절. 카페에서 나는 꼭 아이스커피를 시켰다. 그럼 내 옆에 서서 그 아이는 꼭 뜨거운 커피를 시켰다. 펄펄 끓는 더운 날에도, 그보다 더 뜨거운 커피를 시켜 호호 불며 마시고는 했다.

밥 먹는 속도가 느려서, 회사에서도 점심시간이면 한마디도 안 하고 밥만 먹는다는 사람. 나와 처음 만난 날도 내가 그릇을 깨끗이 비울 때까지, 겨우 반도 따라오지 못해서 밥을 다 먹은 나는 어색함을 외면하기 위해 물만 여러 잔 더 따라 마셨다.

일관성이 있는 사람이었다. 밥만이 아니라, 디저트도 천천히 먹고 술도 커피도 느리게 마셨다. 그 모습이 싫지 않았다. 커피를 다 마시면 집에 보내줘야지, 이 술잔을 다 비우면 집에 보내줘야지, 하고 생각만 했다. 늘 막차가 끊기

기 전까지 함께 있었지만, 그렇게 생각하면 더 오래 같이 있는 기분이 들었다.

한번은 왜 뜨거운 커피만 마시는지 물어봤다. 얼음이 녹아서 묽어지는 검은빛을 보면 자기도 그렇게 흐리멍덩해지는 것 같아서 싫다던 그 아이를 위해, 난 얼음까지 아기작아기작 깨어 먹었다. 그러고 나서는 그 소음이 무색해질 만큼 조용히 외치곤 했다. 단단한 마음이 여기 있어요. 단단한 마음이 여기 있어요. 그 아이에게 들릴 듯 말 듯. 귀에 가서 닿을 듯 말 듯.

당신의 리뷰

사람 때문에 지칠 때가 있잖아요. 막 길거리에 테이크아웃 커피잔들이 아무렇게나 버려져 있으면 속상하고. 지구를 위해서라도 사람은 다 사라져야 돼. 나도 사람이면서, 사람이 많은 지하철을 타게 되면 얼굴부터 막 구겨지고. 그럴 때 있잖아요. 진짜 웃기는 일 아니에요? 나도 사람이면서.

시리 알죠? 아이폰 홈 버튼을 길게 누르면 나오는 애요. 아마 시리가 더 똑똑해진다면, 시리가 진짜로 많이 똑똑해지면요. 저는 여기 있을 자신이 없어요. 시리가 사람 먼저, 나부터 막 사라져야 한다고 말할 것만 같아서요. 왜냐하면 난 칭찬받으면서도, 왜 살지, 라는 생각 정말 많이 하거든요. 사람들이 칭찬해주는데도요. 시리가 알면 그러니까 날 가장 먼저 사라지게 만들지도 몰라요.

근데요, 제가 오늘 영화를 하나 봤어요. 영화가 너무 좋았는데. 내가 머리가 조금 부족하잖아요. 부족하게 달리잖아요. 그래서 가끔 너무 좋은 것들을 만나도, 왜 좋은지 말을 못 하는 거예요. 좋아요, 라고밖에 말을 못 해요. 음. 핑계 같지만 이건 내 탓만은 아니에요. 요즘에 너무 쉽잖아요. 손가락으로 두 번만 누르면 다 좋아요, 라고 할 수 있는 세상인데. 아, 이건 잠깐 딴 얘기였는데.

그래서 다시 내가 하고 싶은 말이요. 좋은 영화를 "좋다"라는 말을 넘어서 다르게 표현해주는 사람들을 만나면, 살고 싶어지는 거예요. 이 좁은 지구에 우리가 서로 부대끼면서 사는 게 막 이래서인가 싶고요. 당신이요. 내가 하고 싶은 말을 대신 해줘서 고마워요. 내 마음을 막 간지럽혀줘서 무슨 말씀을 드려야 할지 모르겠어요. 고마워요. 고마워요. 당신의 리뷰가 정말 좋았어요. 당신도 사람이니까. 당신이 사람이라서 고마워요.

헤어지자는 말은 밤에

헤어지자는 말은 꼭 밤에 해줬으면 좋겠다.
새벽에, 이른 아침에 그 말을 들으면
난 딱 두 배 더 힘든 것 같아.
그런 얘기들을 꺼내는 건
여간 찝찝한 일이 아니니까,
얼른 훌훌 털어버리고
하루를 개운하게 시작하려고 하는 거지?
무서웠어.
마치 해치워야 하는 심부름처럼
너에게 그런 사람이 되어버린 걸까봐.

위로

내가 넘어져 있는 동안

그애가 다가왔다.

말을 걸어줬다.

내가 얼마나 괜찮은 사람인지

하나하나 시간을 들여서 설명해줬다.

사실 그게 어떤 위로가 되기까지는

시간이 걸릴 것이다.

하지만 힘이 있었다.

가슴에 박히는 힘.

#불편한 대로

불편하면 불편한 대로 견뎌야 하는 거라고 생각을 해. 죽겠다, 힘들다는 말을 입버릇처럼 하니까, 정말 죽겠다는 생각이 들 때 이게 엄살인지 나 스스로도 헷갈린 적 있었거든. 그럴 때 입안에 염증이 생기면 마음이 좀 편해졌어. 하얀 동그라미가 점점 더 커져갈 때마다, 나 정말로 이만큼 힘들구나, 하고 괜히 나를 연민하는 게 위로가 됐다. 정말 유치하지.

그런데 또 상처가 생기면, 가만히 두지 못하는 사람이잖아. 혓바늘이 돋으면 일부러 매운 음식을 찾아서 먹고, 손톱을 물어뜯다가 살갗이 벗겨지면 더 자주 건드려서 무뎌지려고 부단히도 노력했던,

바보니까.

문득문득.

이따금이따금.

알면서도 가슴이 찌릿찌릿해지는 일이 감당할 수 없을 만큼 많은데. 그런 건 절대 익숙해지지 않는 건데.

다른 것들도 그래. 이제 조금 알 것만 같다. 어려운 사람과 단둘이 밥 먹는 게 불편하다고 해서, 일부러 그 사람과 친해지려고 노력하거나 애쓰지 않아도 된다. 도전한 일에 실패해서 속상하거나, 누군가에게 거절당해서 상심했을 때 말이야. 그 기분에 익숙해지려고 많은 시간을 사용하지 않아도, 나를 더 다그치지 않아도 된다고.

귤을 까는 일

너가 운전을 하면
나는 그 옆자리에 앉아서
계속 귤을 까줄게.

아무것도 아니지만 귀찮은 일들.
손이 노란 습기로 물들어가는 일들 같은 거.

그거, 내가 해줄게.

미안하다는 말이 진심이면

수많은 진심 중에

왜 하필이면

미안하다는 말이 진심이야?

마음의 콜라주

사람이 사는 일은

아마도 한 권의 노트를 만들어가는 일.

읽었던 책에서 나를 멈추게 했던 문장들.

바라보는 것만으로 출렁했던 풍경들.

소리 내어 불러보면 찌릿찌릿해지는 이름의 사람들.

그것들을 오려 붙여서 두꺼운 책 한 권을

만들어가는 일.

너는 내 노트를 한 장 찢어가고

나는 그럴 때 행복했다가 아팠다가 했어.

나도 너의 부분을 찢어서

내 노트에 붙이고.

모든 순간이 추억처럼 예쁜 건 아니지만

덤덤히 한 장 한 장 넘기는 어른이 되면

잘 살고 있다, 하고 겨우 웃게 되는 일.

음악을 틀지 않아도

음악이 나온다.

그런 노트를 몇 장 넘기면.

누구보다
열심히
기억하는 사람

독립일기

너한테 말했었나? 나 독립했잖아. 혼자 있으니까 언제든지 놀러와도 돼. 가구를 사 와서 조립해봤어. 내가 아무리 남자라도, 혼자 하니까 쉽지만은 않더라. 옆에서 나사를 하나씩 집어 건네주는 그런 사람이 있었으면 좋겠다고 생각했어. 혼자 하니까 오래 걸리는 일들. 이렇게 많았었나 싶어. 예쁜 컵에 우유도 따라 마시고 토스트도 해 먹었는데, 귀찮아져서 지금은 토스터를 서랍에 넣어버렸어. 선물 받은 화분은 죽이지 않으려고 노력하고 있는데, 아무래도 어려울 것 같다. 배지를 모으는 취미도 여전해. 밥을 먹어야겠다는 생각이 들어서 카레를 해봤어. 감자 하나, 당근 하나, 양파 하나 반이면 열 명이 먹을 수 있는 양의 카레가 만들어진다는 걸 혹시 넌 알고 있었어? 나 요즘 매일 카레만 먹어. 하지만 좋아하는 거라서 괜찮아. 혼자 살면, 어떤 빵은 냉장고에 일주일이 있기도 하고, 달걀 열댓 알로 두 달을 버티기도 해. 몰라도 되는 것들을 배우며 난 잘 살고 있어. 넌? 너는 어때?

#규칙적인 세계

보고 싶은 사람에게서 연락이 없다.

연락이 없다는 것은,

내가 없어도

그 사람의 세계가 잘 움직이고 있다는 말이다.

규칙적인 세계에 규칙적인 부분으로 녹아들고 싶었는데.

아무래도 자신이 없었던 거다.

규칙을 흐트러뜨릴 자신도.

흐트러뜨려달라고 요구할 자신도.

솔직하지 못한 마음이다.

보고 싶은 사람의 규칙적인 세계에 녹아들겠다는 건

나의 부분부분이 분해되어도

모조리 용해되어도 괜찮다는 말이겠지만

사실은 포기하지 못하는 게 많았던 건지도.

한 개를 주고 나면 꼭 한 개를 받아보길 바라는 사람이면서, 아무것도 바라는 게 없다고 입으로만 괜찮다 괜찮다 말하는 건 그 어떤 규칙에도 해당되지 않아서.

희망이 있다

이어폰을 끼고 길을 걷고 있었는데

친구가 다가와 내 어깨를 두드렸다.

멀리서부터 나를 보고서,

내 이름을 쉼없이 불렀다고 했다.

웃으며 얘기하는 그 모습을 보니까

나도 모르게 행복한 기분이 들었다.

쉼없이 내 이름을 불러주는 사람이 있다.

예고 없이 닥치는 슬픈 일이 내 하루에 가득하지만,

그래도 쉬지 않고

희망이 있다.

쉼없이 희망이 온다.

엄마는 알지?

엄마, 있잖아. 내가 요즘에 만난 사람.

흠뻑 젖어들었던 그 사람 있잖아.

아마도 우리 집보다 훨씬 잘살고

맛있는 것도 나보다 더 많이 먹었을 테고

좋은 옷, 친절한 웃음, 깨끗한 접시 같은 것들을

늘 겪으며 살았을 것 같은

그 사람 말이야.

나 편의점에서도

콜라라면 다 같은 거니까

그냥 더 큰 거를 골랐었는데

어느 순간 그 사람을 생각하면서
더 예뻐 보이는 것
더 맛있어 보이는 것

그 사람 입술에 닿을 때
느낌이 더 좋을 것 같은
그런 유리병을 집고 있었어.

그 사람은 늘 좋은 걸 겪었으니까
거기에 맞춰주고 싶었던 걸까, 하고
생각도 잠깐 해봤었는데

그런 게 아니야.

엄마. 말 안 해도 알지?
엄마는 말 안 해도 알지?

나보다 더 커다란
내 삶에 나보다 더 커다란 의미로 다가오는
그런 사람들을
엄마는 겪어봐서 알지?

엄마는 말 안 해도 알지?

소중한 건 흐릿해져

나는 무언가를 가지고 싶지 않다. 가지게 된다는 건 불안이 하나둘씩 늘어난다는 의미 같아서. 무언가를 가지고 싶지 않다는 말은 어쩌면 욕심이 많은 사람이라는 사실을 역설적으로 드러내는 말일지도 몰라. 다 내가 갖고 싶은데, 손에다 치렁치렁 들고 싶은데, 길을 걸을 때도, 씻을 때도, 잠을 잘 때도 벗어놓거나 하고 싶지가 않거든. 가지고 있는 것을 잃어버릴까봐 너무 불안하잖아.

애인이 말했다. 정말 소중한 건 시간이 지날수록 점점 줄어들어. 맞는 말 같았어. 정말 소중한 사람과 함께 있는 시간들, 추억들은 나이를 먹어갈수록 점점 줄어드는 일이야.

내가 어떤 사람을 가졌다고 생각했을 때, 행복에 겨웠을 때, 좀더 살고 싶다고 느꼈을 때, 어김없이 불안이 찾아온다는 건 시간이 지날수록 그 감정들이 줄어든다는 걸 알고 있어서.

빨대에 자국을
남기는 사람은

주스를 다 먹고 난 다음에도
할말이 남아서 계속 빨대를 쪽쪽이던
어색한 마음까지도 아쉽고 아쉬워서
그 사람을 둘러싼 주변을
찬찬히 뜯어보며 시간을 잡아야 했던.

좋아하는 사람에게 온 메시지

좋아하는 사람에게서 온 메시지를
일부러 읽지 않는 경우,
내가 뭔가 이겼다는 생각이 든다.
빨간 동그라미 안에 늘어나는 숫자를 보며
나를 향한 마음들이 쌓여간다고 좋아했다.

선물 같다고 생각하기도 했다.
내가 좋아하는 사람들은 대부분 나에게 관심이 없었으니
당연히 그들은 나에게 선물을 주지 않았다.

그냥 메시지를 안 읽었을 뿐.
내가 부여했던 수많은 의미들은
아무 소용없다는 거 사람들이 다 안다.

부끄럽다.

많이 외로웠었나보다.

사실 나는 항상 졌다.

매번 지고 고작 그랬다.

살얼음이 낀
유리병의 온도만큼

선한 사람이 상처를 줄 때 많이 힘들다. 나한테는 그 선한 사람이 주로 엄만데, 엄마가 전화해서 조그만 목소리로 돈이 필요하다고 말하면 나는 그냥 전화를 끊고 싶다. 전화기 너머로 부끄러운 표정이 그려지는 것만 같아서. 엄마도. 나도.

엄마는 날 만나면 언제나 아이스커피를 타줬다. 우리 아들은 늘 블랙커피만 마시는 거 다 알고 커피 알갱이 두 숟갈에 설탕 한 숟갈만 넣었다고 했다. 이름 모를 과일주스가 담겼던 유리병을 건네받으면, 딱 마시기 좋은 온도의 살얼음이 얼어 있었다. 조금 미안했다. 내가 엄마를 만나면 한 시간도 같이 있던 적이 없다는 것을 엄마도 늘 알고 있었다. 그래서 이 정도의 시간이 지나면, 마침 내가 돌아서서 걸어갈 때 살얼음이 녹아 마시기 좋은 온도가 된다는 것도 엄마는 알고 있었을까.

그 유리병에 선물 받은 작약 한 송이를 꽂아둔 적이 있다. 며칠 내로 엄마한테 전화가 올 것 같다.

#선명해지기 전에 어서 주머니를 뒤져보자

급하게 집을 골랐더니, 지하도 아닌데 햇빛이 잘 들지 않는다. 선물 받은 꽃다발을 물 가득 받은 유리병에 꽂았는데, 시름시름 앓다가 어느새 쭈글쭈글해지기 시작했다. 그래서 외출할 때 꽃병을 대문 앞, 햇살이 고운 자리에 놓고 나왔다. 지켜보는 사람이 없어도 꽃다발만은 훔쳐가지 않는, 그런 낭만 같은 게 아직은 있다고 믿고 싶어서.

자리를 비운 건 단 몇 시간이었는데, 다시 풍성하게 부푼 꽃을 보았다. 꽃잎 하나하나, 그 사이에 가득찬 햇살이, 여전히 남아 있는 것 같아 얼굴이 따끔해지는 그때.

눈앞에 아른거리던 은빛의 햇살처럼, 문득 어느 한때가 넘치게 떠오를 때가 있다. 그러면 자꾸 재채기를 못 참겠을 때 먹는 알약처럼 난, 무언가 필요하다는 생각을 한다. 그 한 사람 얼굴이 선명해지기 전에, 나 어서 무언가를 찾아야 하는데. 주머니를 뒤적거리면 뭐라도 손에 잡혀야 하는데.

이국적인 사람아

조그만 캐리어에 신발을 여러 개 챙겨 갔었다.

거지꼴로 다니는 여행객이면서도,

새하얀 셔츠를 구기지 않고 입으려 애쓰던 모습.

외딴곳에서 저녁노을을 받아

하얀 셔츠가 유난히 반짝반짝 빛나던 게 생각난다.

그때 우연히 만난

편한 웃음을 가진 이국적인 사람아.

너를 좋아했었다는 걸,

너를 동경했었다는 걸 모르는 사람아.

너무 금방 사람을 좋아해

너는 말이지, 너무 금방 사람을 좋아해.
이렇게 말하는 너에게

사람을 금방 좋아하는 게 뭐가 나쁜 일이야?
한 번 사는 인생인데
금방 좋아하고 금방 미워하는 게
그게 뭐가 나쁜 일이야?
라는 말을 하고 싶었는데

너도 한 번 사는 인생이라서
금방 사람을 좋아하는 나를
좋아하지 않을 수밖에 없겠다는
그런 생각이 들었어.

제대로 된 코트를 한 벌 사서
오래오래 입을 줄 아는 멋진 너는
무엇이든 조금 더 신중하게 고르고
그만큼 아껴줄 거라는 생각이 들었어.

그게 사람이어서는 안 되는
그런 이유가 없더라고.

맞아. 쉽게 버려지거나 쉽게 놓치는 것은
너무 큰 잘못이야.

사람이 외워지는 일

머리 나빠서 외우는 거 못한다는 말.

꿀밤 맞아도 될 거 같다.

반복하고 반복하고 반복하다보면

외우게 된다.

한 사람을 반복하고 반복했다.

새벽마다 반복한 사람을 이제는 외울 수 있게 되다니.

보고 싶다.

뭐해? 라고 물으면

예전에 그런 얘기 들은 적 있지 않나? 바보 같은 강아지 이야기. 주인한테 엄청 얻어맞아도 금방 잊고 또 달려와 헤헤 웃더라는. 발로 차고 욕해도 간식 하나 주면 또 달려와 다리에 얼굴을 비비더라는. 정말 이 순진한 동물.

난 이제 너랑 그만 보기로 했잖아. 자꾸 놀림감 되는 거 싫어서, 진짜로 그만한다고 말했잖아. 근데 방금 내 휴대폰에 니 이름이 떠.

뭐해? 라고 왜 물어?
뭐해? 라고 물으면 뭐한다고 대답해야 해?
왜 비겁한 사람이 언제나 이겨?

지하철을 기다리며

어떤 시절은 그냥 보내도 될 것 같고, 어떤 시절은 이번에 놓치면 큰일날 것 같고. 어떤 사람은 그냥 보내도 될 것 같고, 어떤 사람은 어떻게든 한번 더 마주치고 싶고.

자존심

미안해. 미안하니까, 너한테 연락 올 때까지 먼저 전화하지 않을게. 괜찮을 때 말해줘.

너는 이렇게 말하는 사람이었다. 그게 너무 화가 났어. 내가 연락하지 않아도 참을 수 있는 사람은, 나를 좋아하지 않는다는 걸 다섯 살도 알 수 있을 것 같아. 우리 집 냉장고의 오래된 과일들도 알 수 있을 것 같아. 일주일 된 김치찌개도 다 알 수 있을 것 같아.

안부를 묻는 사이

아침에 일어나면
다들 휴대폰을 먼저 손에 쥐겠지.
연락이 없어서 슬프다.
빈 페이지라서 슬퍼.

잘 잤나? 밥은 먹었어?
출근은 잘했니?
오늘 날씨 덥다, 하고
말해주는 사람이 필요했다.
안부를 물어주는 사람이 필요했어.

내가 먼저 해도 되는데
진짜 궁금한 것도
말하고 싶은 것도 많은데.

"비밀인데, 나 어제 맥주를 조금 마시고 집에 들어갔어."

"회사에서는 주로 남자 셋이서 밥을 먹어. 오늘은 조금 불량한 크기의 햄버거를 먹었어."

이렇게 해줄 말이 많은데
너는 듣고 싶지가 않을 것 같아.

소원

“서운해. 내 소원들이 하나도 이루어지지 않는 것 같아. 내가 짐이 너무 많아서, 소원들이 비행기를 타지 못하고 바다 건너에서 기다리고 있는 건 아닐까.”

두 사람의 속도

내가 좋아하는 사람은 늘 자전거를 타고 있습니다.

같이 나란해지는 순간들은 분명 있습니다.

그 찰나의 순간을 맛본 이유로

나는 죽을힘을 다해 달리기를 합니다.

언제나 죽을힘을 다해 좋아합니다.

그리고 그는 그래도 자전거를 타고 있습니다.

나만 박을 수 있는 못들이 있다

점심을 먹으러 막국숫집에 간 여름날. 날씨가 더워져서 그런지 손님이 많았다. 줄을 서 있었는데, 사십대 중반쯤으로 보이는 아저씨가 갑자기 나타났다. "아, 우리가 먼저 왔어요" 하더니 부인과 빈자리를 찾아 들어가서는 자리에 앉자마자 하는 말. 여기! 물. 물. 컵. 컵.

나는 순간 그 부부가 외국인인 줄 알았다. 한국말을 몰라서 반말을 하는 걸까 생각했다. 식당이 바쁜 게 한눈에 보이는데도 아주머니를 가리키며 "저 사람 귀가 안 들리나?" 하며 뻔히 다 들리게 말을 했다. 그리고 킥킥거렸다.

엄마 생각이 나서 속상했다. 엄마도 이렇게 일했을 텐데. 엄마한테도 이런 손님이 있었겠지? 솔직히 미웠다. 이해해주고 싶지가 않았다. 내가 엄마 마음에 못을 많이 박았겠지만, 이런 아저씨가 박는 못은 보고 싶지 않았다. 너무나 너무나 싫었고, 생각만으로도 쾅쾅 못질 소리가 들리는 듯했다. 모든 못질은 누군가의 인생에 아픈 구멍을 내겠지만, 엄마 마음에 난 구멍은 내 것만 있었으면 했다. 언젠가는 모두 메울 수 있게. 그런 나쁘고 슬픈 마음이 들어서 막국수를 먹으며 계속 서글픔을 참았다.

THOMY
THOMY
RäkOst
THOMY

규칙적인 숨소리

나는 함께 자는 게 좋다.

잠든 사람을 바라보는 게 좋다.

언젠가는 보내야 하는 사람이겠지만

아직은

지금은 내 눈앞에 있으니까 좋고,

이런 바보 같은 생각들도 좋고,

아, 숨소리.

규칙적인 숨소리.

마음을 편안하게 하는

그 사람 숨소리를 듣는 게 좋다.

한번 봤던 영화 같은 사이

피곤할 때 보는 영화는 조금 걱정되잖어.

깜빡하고 잠들어버리면

난 중요한 걸 몽땅 놓쳐버리는 게 아닐까.

근데 한번 봤던 영화라면 괜찮어.

끔뻑끔뻑 졸다가

가운데를 건너뛰더라도

어느 그 장면부터 시작하면 되니까.

한번 봤던 영화 같은 사이였으면 좋겠어.

우리 피곤해서 깜빡 잠들어버리더라도

깨고 나면

붙어 있는 서로를 보고 편안해지는.

그냥 지나가는 말

자전거를 타고 가다가 건물 앞에서 멈춰 섰다. 6층 정도 될 만한 작은 빌딩의 사진을 찍었다. 그때, 기억이 나서 그랬다.

건물의 꼭대기에 영문 대문자로 이름이 적혀 있었는데, 꼭 내 이름 같다고 말해줬었다. 막 시골에서 올라온 것 같은 촌스러운 내 이름이랑 꼭 철자 하나만 달랐다. 그때는 '뭐래' 하면서 그냥 웃어넘겼지만, 지금에 와서 생각이 나는 것 같다. 그랬었네.

그냥 지나가는 말을 하지 마.
그게 언젠간 생각난다고.
저 건물은 늘 여기 있을 거잖아.
난 매일 아침 이곳을 지나가는데
그럼 맨날 보게 되잖아.

우리는 왜, 지나가는 말로 아무렇지도 않게 말을 하는 걸까. 그 순간에만 즐거울 단어들을 서슴없이 내뱉는 걸까. 그 단어들은 꼭 지금처럼 시간을 거슬러올라와 이렇게 하루하루를 살아가는데 말이야.

우리는 왜 그때밖에 생각하지 못할까. 화가 난다. 그때 꼭 내 이름 같다는 말을 듣고 난 웃었잖아. 그때는 왜 웃었고 지금은 가슴이 아픈 걸까.

눈물보다 슬픈 눈썹의 모양이

당신은 거짓말하는 게 싫다고 했다.

나는 솔직해도 되는지 몰랐다.

그만큼 우리가 단단했는지 몰랐어.

우리의 연약한 관계를 지켜내고 싶었다.

어떤 거짓말도 하지 않았지만

그때그때 솔직하지 못한 게

거짓말이 되기도 한다는 걸 나중에 알았다.

눈물이 흐르는 것보다

가끔은 눈썹이 일그러지는 모양이

더 슬프게 닥쳐올 때가 있다.

눈물만 가리고

눈썹은 무방비의 상태로 남겨둔 얼굴을 볼 때.

그게 미치도록 슬펐다.

손이 작은 당신이라서

눈만 가리고 울고.

눈썹이 먼저 일그러지는 걸 가리지 못하고.

외로울 때의 긴급조치

오늘, 보고 싶은 사람 모두에게 연락했다.
너한테만 한 게 아니라고 서운해할지 모르겠다.
좋지 않은 행동이라고 말할지도 모르겠다.
그렇다고 해도
가장 보고 싶은 사람이 누구냐고 물으면,
찰나도 망설이지 않고 대답할 수 있는
단 한 사람을 간직하고 있지만.
보고 싶은 사람 모두에게 연락했다.
너의 답장이 오기 전까지
버틸 수 있으려면 그 방법이 나았다.
맡으면 편해지는 익숙한 냄새처럼
만지면 차분해지는 조약돌 몇 알 같은
그런 답장이 필요했다.
건강하지 못한 거 알아도 필요했다.

잊혀지지 않아서라고 말해야겠지만

잊을 생각이 없는 사람이 되어.

누구보다 열심히 기억하는 사람이 되어.

얘네는 빛 없이도 살 수 있나요?

트럭에 빼곡하게 담긴 화분을 보며
얘네는 빛 없이도 살 수 있나요?
하고 물었다.
내 방에 빛이 잘 들지가 않아서.

힘들 거라는 걸 알고 있었다.
알면서도 물었다.
얘네는 빛 없이도 살 수 있나요?

음, 빛이 있으면 좋은데, 없어도 괜찮어.
거짓말인 걸 알면서도 사 왔다.
나한테도 미안했다.
알면서 한 게 제일 미안했다.

#10과 숫자들

영화에서 옛 애인의 번호를 지우는 장면을 봤다. 폴더폰의 자판을 꾹꾹 눌러 이름을 찾고 삭제 버튼을 누른다. 한 번의 관문이 더 남아 있다. 삭제하시겠습니까, 하고 묻는 팝업창에 0.1초 정도 망설이는 사이 관람객이 먼저 자막을 읽는다. 예, 아니오. 이내 결심한 듯 언제나 예, 를 찾아가는 검지의 끝을 보며 나는 잠시 그럴 수 있는 주인공이 부러웠다. 나는 머리가 나빠서 지워버린 연락처를 도무지 기억 못할 것 같은데. 외울 만큼 충분한 시간을 주지 않고 들렀다 가는 사람들이라서 정말로 기억을 못할 것 같은데. 이 숫자들이 도대체 뭐라고 우주만큼 무서워지는 건지.

#지구의 나이

나에게 10년 전인 학창 시절이
엄마는 30년 전, 할머니는 60년 전이다.
만화책에서 이 우주에서 지구가 탄생한 게
46억 년 전이라는 얘기를 보았다.
이 만화책이 100년 후에 읽힌다 하더라도
우주에서 지구가 46억 년 전에 탄생했다는 이야기는
여전히 진실.
100년 전에도, 지금도, 그리고 100년 후에도
지구의 나이는 기억하기 참 쉽다.
1억 년의 시간이 흐르기까지 지구의 나이는
여전히 46억 년이니까.
나는 1억 년을 살지 못하기에
이 세상에 변하지 않는 것이 있다고 믿기로 한다.

지구의 나이처럼, 지금 이리저리 흔들리는 '나'라는 사람도
세상 귀퉁이 어딘가에 계속 존재할 수 있다면
결국 하나도 변하지 않을 거라고 믿기로 한다.

내 처음인 사람에게

너도 알아? 눈은 몇십억 년 전부터 내렸을 텐데, 사람은 일 년이라는 시간을 만들고, 그 365일을 열두 개로 쪼개고, 그 시간에 갇힌 눈의 '처음'에게 첫눈이라는 이름을 붙인다. 이 번거로운 일을 내가 좋아해. 매일 해오던 이불을 덮고 자는 일도 너와 하는 처음. 계절이 바뀌면 서점에 가는 일도 너와 하는 처음. 처음의 의미를 붙이는 이 번거로운 일. 너와 하는 처음. 내 처음인 사람에게.

#눈이 맵게 만드는 사람

양파를 사서 집으로 돌아가는 길.

네가

미안해, 하고 말했다.

양파를 깔 때만큼 눈물이 막 났다.

그 손을 눈에 비빈 것처럼 막 울었다.

진심으로 하는 말은 맵다.

나는 미안하다는 말을 듣고 싶지 않았을 때

너는 미안하다는 말만 할 수밖에 없었을 때

저녁 7시 35분이 막 넘은 시간이었다.

노을이 졌다.

양파 껍질 빛으로 반짝였다.

뭘 하고 사는지
다 알면서도
모르는 체하는
사이가 되고 나서야

편지 쓰는 걸 좋아하면서

한 번도 써주지 못했다.

서로가 뭘 하며 사는지 다 알면서도

아는 체하지 못하는 사이가 되고 나서야

편지 써줄까, 하고 물었다.

마음을 다 보여주거나 들켜도

너무 불안하지 않은 사이가 되고 나서야

견딜 수 있는 사이가 되고 나서야

해줄 수 있는 일이었나봐.

아마도 다들 외롭게 살 거야.

마음을 다 주지 않는 일이

마음을 지키는 일이라고 생각하는

그런 습관을 버리지 못하는 사람들.

좋아하는 내 마음이 좋아서

그 사람을 너무 좋아했다.

하루종일 켜놓은 전구의 온도만큼

그 사람을 너무 좋아했는데

그가 마음을 주지 않아서

나한테 줄 게 하나도 없다고 해서

이미 커져버린 너무 좋아하는 이 마음을

뒷마당에 묻을 수도 없고

손 안 닿는 책꽂이에 꽂아둘 수도 없어서

그 사람을 좋아하는 나를 좋아했다.

너무 좋아하는 이 마음을 좋아하기 시작했다.

그 사람 없이도 그 사람을 좋아하기 시작했다.

KAFFE

누나의 동생이 하고 싶어요.
누나는 내가 좋아하는
얼굴도 아니고,
목소리도,
눈물이 많은 것도,
파란색을 좋아하는 것도,
나랑 키가 별로 차이나지 않는 것도
싫어요.
좋지가 않아요.

그런데
은수야, 하고 동생을 부르는
누나의 얼굴과 목소리와 눈을과
파란색을 좋아하는 마음과
나랑 키가 별로 차이나지 않는
눈높이가
싫지가 않아서
좋아서
나도 누나의 동생이 하고 싶어요.
이건 사랑이 아닌데 괜찮아요?

백색 공포

누나. 텅 비어 있는 하얀 벽을 견딜 수 있는 사람은 두려운 게 없는 사람이래요. 사람들은 원래 텅 비어 있는 게 무서워서 그 안에 자꾸 뭔가를 채운대요. 벽에 못질을 하고 액자를 건대요. 가구를 놓고 책을 사는 거래요. 도화지를 펼치고 크레파스를 집는대요. 그림을 못 그리면 뭐라도 쓴대요. 언젠가부터 내가 집에 오는 길에 뭔가를 사 오잖아요. 차마 주워 올 수 없어 자꾸 주머니를 뒤지잖아요. 친구네 명도 함께 못 눕는 방에 차곡차곡 나뭇잎을 쌓고 있어요. 창문 틈으로 햇빛이 드는 아침이면, 나도 그들처럼 광합성을 할 수 있을까 생각해요. 나는 광합성을 할 수 있을까요? 내 안에 뭔가를 만들어낼 수 있는 사람일까요? 무서워요. 나는 무서운 게 많아서 그래요, 누나. 외로워요. 나는 외로워서 그랬어요. 혼자서 아무것도 못해서, 그래서 그랬어요. 누나는 텅 비어 있는 하얀 벽을 견딜 수 있어요? 아무것도 채우지 않고 버틸 수 있는 사람이에요? 하얀 벽 앞에 공기의 존재만으로도 충분히 편안할 수 있는 사람이에요?

맑은 사람

맑은 하늘을 보면서

아, 나도 맑은 사람이 되고 싶다, 라고 생각했어요.

그럴 수 있을까요.

맑다고 하기에는 나는 너무 자주 울고

흐린 짜증이 구름을 덮는걸요.

그때 당신이 말해줬어요.

흐리고 비가 오는 사람이라도

누군가의 하루를 맑게 할 수 있다면

언제나 맑은 사람이라고.

나는 참 맑은 사람이라고.

좋아요,의 속도

좋아요, 의 속도라는 걸 알까. 어떤 사람의 페이지에 가서 쌓여 있는 글들을 보잖아. 난 좋아요, 를 누른다. 하나하나 깊게 보느라 도통 속도가 나지 않았어. 그 이야기들이 하나하나 좋았다. 오늘은 엄청 빨리 좋아요, 를 눌렀다. 그 사람의 페이지를 쭉쭉 내리면서 1초에 하나씩 좋아요, 를 눌렀나봐. 그건 그냥 그 사람이 좋아서. 그 사람이 너무 좋아서. 자꾸자꾸 좋아서. 무서운 속도로 좋아서.

거짓말에 관대한 사람

나는 거짓말에 조금 관대하다. 남이 나한테 하는 거짓말이나, 내가 남한테 하는 거짓말들에 모두 관대하다. 거짓말을 하면서도 거짓말이 아니라고 생각한다. 그게 왜 괜찮은데? 하고 물으면 그냥 거짓과 진실이 잠시 섞여도 되니까, 라고만 대답한다. 진심 같은 건 잘 깨지지 않지만 지키기는 어려운 거라서 거짓말이 필요한 게 아닐까. 넌 거짓말하는 거 싫다고 했지만 가끔은 거짓말이 지키고 싶어하는 진심 같은 것도 있다는 걸 알아줬으면 좋겠어.

같은 생각을 하는 사람이 있다

이웃 사람들밖에 살고 있지 않은 우리 동네에 엄청 예쁜 카페가 생겼다. 같이 커피를 마시며 너는 말했지. 내가 먼저 차렸어야 했는데. 왠지 여기 이런 게 생기면 장사가 잘 될 거라 생각했는데. 역시 사람 생각하는 건 다 똑같고, 사람 보는 눈이 다 똑같은가보다, 하면서 하품을 했다. 잠깐 입을 삐죽 내밀고서는, 그래도 커피가 맛있다며 홀짝홀짝 다 마셔버렸잖아.

같은 생각을 하는 사람이 있는 게 왜 싫은지 궁금했다. 사실 나는 좋은 카페 같은 거, 돈 좀 벌어줄 반짝이는 생각 같은 거 말이야. 누군가한테 먼저 순서를 빼앗겨버려도 괜찮다고 생각했어. 같은 생각을 하는 게 어때서. 나 혼자만 보고 싶어하지 않고 나 혼자만 외롭다고 느끼지 않고 나 혼자만 애틋해하지도 않고 늘 같이, 나에게도 같은 생각을 하는 사람이 있었으면 좋겠다고. 그게 너였으면 좋겠다고.

힘들다, 힘든데
힘들다는 생각에 갇혀
왜 힘든지 생각해볼 수가
없었어. 어렵다, 어려운데
무엇이 그렇게 어려운지
고민할 시간을 갖는 게 더
어려웠어. 이거 괜찮은 걸까?
나 여기 멈춰 있는 거.

나를 좋아하지 않는 사람한테 마음을 쓰지 말자

나를 좋아하지 않는 사람한테
마음을 쓰지 말자.
많이 생각하지 말자.
일기에 적지도 말고, 그리워하지도 말고,
나 혼자 애틋하게 생각해서
그 마음이 결국 미움으로 번졌을 때
감당해야 하는 아픔과 자괴감들을
내 삶으로 끌어들이지 말자.

#속상했는데 고마워요

언젠가부터 누군가에게 해야 할 말을 미처 하지 못하고 휴대폰에다가 적고 있는 나를 봤다. 속상한 일이 있었다든가, 마음에 박혀버린 말들이 아팠다고 쓰고 있는 나를 봤다. 누군가에게 전달될 수도 있겠지만, 정작 보여주고 싶은 사람에게는 보이지 않는 말들.

형. 나 스스로를 포기하게 된 일을 언젠가는 후회할 거라고 폭신한 말 해줘서 고마웠어요. 형. 그 사람 언젠가는 제 일기장도 몰래 들춰보고 갈까요. 형. 지금 이 자괴감들을 언젠가는 녹여버릴 수 있을까요. 부끄러워요. 그런데 또 이렇게 적고 있잖아요.

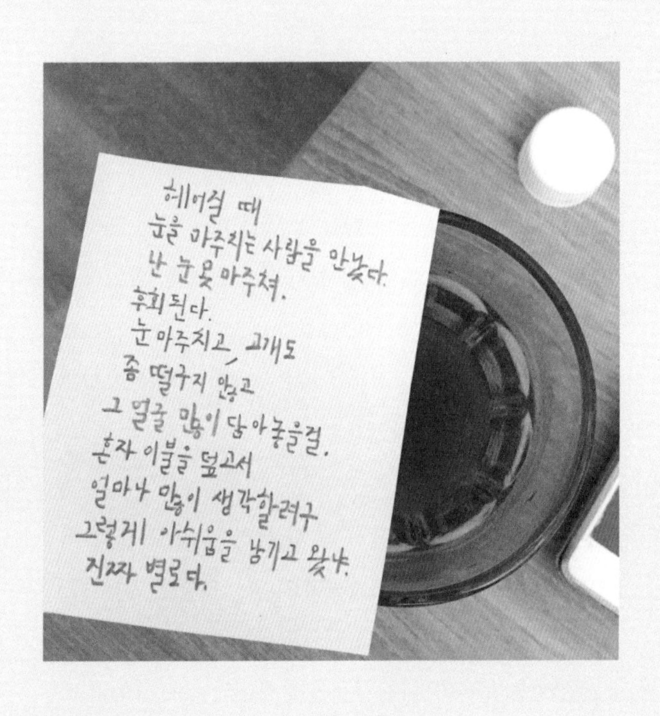
헤어질 때
눈을 마주치는 사람을 만났다.
난 눈 못 마주쳐.
후회된다.
눈 마주치고, 고개도
좀 떨구지 않고
그 얼굴 많이 담아놓을걸.
혼자 이불을 덮고서
얼마나 많이 생각할려구
그렇게 아쉬움을 남기고 왔나.
진짜 별로다.

좀더 살아보고 싶어

공부도 못하고, 학교에서도 조용하고, 그렇다고 친구가 많지도 않고, 무엇이 되고 싶은지도 모르겠고, 앞으로 무엇을 해야 할지도 모르겠고. 네가 얘기하는 너는 그래. 특별할 것 없는 사람. 그런데 너와 함께 읽을 책을 고르는 일은 나에게 가장 즐거운 순간이 되어버렸어. 함께 있으면 시험을 망쳐도 왠지 다음에는 잘 볼 수 있을 것 같은 막연한 생각이 들고.

그래서 인기도 없고, 영어도 못하고, 하고 싶은 말이라도 한번 하려면 심호흡을 크게 해야만 하는 나는, 무엇이 되고 싶은지도 모르겠고, 앞으로 무엇을 해야 할지도 모르겠는 나는 이대로 좀더 살아보고 싶어. 그리 하루하루가 대단하지 않아도 즐거울 수 있는 이곳에서. 조금만 더.

솔직한 하루하루

알고 있다. 모든 일들은 시간이 지나고 나면 다 견딜 만한 일이 된다. 가끔은 웃으면서 얘기할 수도 있는 그런 것들이 된다.

하지만 우리는 지금을 겨우 살아내고 있고, 지금의 시간이라는 건 쏜살만큼 빠르지도 않아서, 시간은 쉽사리 약이 될 수 없다.

다만 나는 오늘 하루를 견디기. 너무 잘하려고도 말고, 힘들면 힘든 대로, 서운한 마음이 들면 서운한 마음이 드는 대로, 솔직한 하루하루를 쌓아서 나 스스로 단단해지기.

좋은 음악을 들을 때 생각나는 사람

좋은 음악을 들을 때 드는 생각, 좋은 책을 읽을 때, 좋은 영화를 볼 때, 좋은 사람을 만날 때 드는 생각. 삶을 지속하게 하는 것은 이런 감격들의 나열이 아닐까.

가슴에 막 가득가득하니까 아, 이런 거 하나 만난다면 하루의 여덟 시간 힘겹게 일해도 괜찮다는 생각이 들곤 한다. 사람이 산다는 것은 사실 생각보다 거대하고 논리적인 명분이 필요한 일이 아닐지도 모른다. 그렇게 치면, 회사에 가기 싫은 마음에 출근길에 사고라도 났으면 좋겠다고 불량한 생각을 하는 일이나, 잘하는 것도 없고 날 좋아하는 사람조차 없으니 그냥 확 죽어버리는 게 낫겠다는 자기 비난도 참 웃기는 것일지 모른다. 우연히 만나는 감격들 때문에라도 살아야 할 이유가 충분하다고 생각하면.

그런데 오늘은 이런 이야기를 들었다.

너는 좋은 음악을 들을 때 생각나는 사람이야.

너는 좋은 책을 읽을 때 생각나는 사람이야.

너는 좋은 영화를 볼 때 생각나는 사람이야.

얼마나 오래갈지는 모르겠지만 그 한마디가 가슴에 막 가득가득하니까.

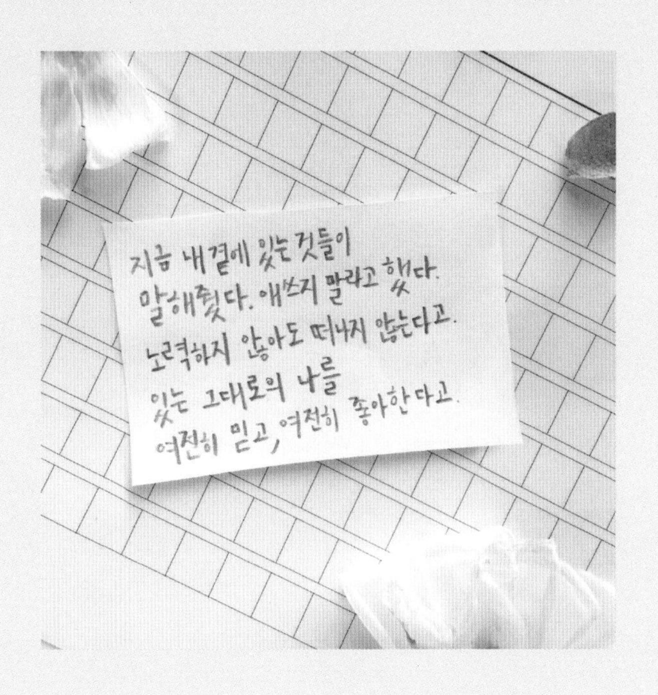
지금 내곁에 있는 것들이
말해줬다. 애쓰지 말라고 했다.
노력하지 않아도 떠나지 않는다고.
있는 그대로의 나를
여전히 믿고, 여전히 좋아한다고.